文本多維：
台灣當代散文的空間意識及其書寫型態

陳伯軒 著

序：千里之行

　　台灣現代散文的研究一直以來都處於低潮狀態，全身投入此一領域的學者寥寥無幾，多年來累積的研究成果相當有限，而且在研究方法上偏向保守。最要命的是修辭學式的散文研究，將散文肢解成各種辭格，又有什麼意思呢？至於西方文學理論在散文評論方面的應用，在文類契合度方面就令人傷透了腦筋，能夠操作得當而不硬套理論的學者，更是屈指可數。

　　散文易寫難工，最後決定一篇文章藝術高度的，不是創作經驗和努力，而是天份。缺乏天份的創作者，寫一本書跟寫一百本書，都不會有差別。一篇散文的優劣，不在於其題材之大小，而在其語言的整體藝術表現，這是感性的部分，也很抽象，有時是直覺其好壞，卻難以論證，若要進一步分析，很多人立即詞窮。即便有學者想盡辦法借用各種文學理論，作為方法，試圖在其他方面切入，從散文集或散文作家身上，擠出一番道理來，但大夥兒總是有意無意的略過藝術層面的探討，把論述焦聚在比較具體的事項或元素上面。

　　有關「問題意識」的探尋，便是手段之一。

　　問題意識驅使我們進入作家心靈或文本深處，從尋找、發現、提出，到解決問題。猶如一個自問自答的解謎／解碼過程。此乃意圖強烈的詮釋行為，能夠有效驅動本身的論述。問題意識的研究形態，以議題導向，進行系統性分析，對一篇文章的優劣評價，完全可以避而不談。因為那不是「議題」。

　　一篇僅僅關注於議題研究，缺乏藝術批判能力的論文，價值有限。

尤其在散文研究方面，我們應該有更多的期待。

※

陳伯軒這部碩士論文《台灣當代散文的空間意識及其書寫型態》，跟當前台灣眾多人文科系的學位論文一樣，借重西方理論，是從「空間」的概念（議題）入手，透過空間理論和人文主義地理學的理論支援，對台灣當代散文進行了大規模的研究。陳伯軒對西方理論的應用，十分謹慎，且節制，並沒有產生強行硬套的現象，對不同的空間書寫之詮釋，有相當的強化與深化功效。此書選擇討論的空間，都具備高度的延伸性，可以拓展出寬廣的詮釋面積，從都市空間到原鄉追尋，都是宏細互見的議題；此外，其中還包括分析難度甚高的「現代性與空間位移」，在當前的空間研究上，後者是比較具有創造性的議題，有助於深化本書的論述層面。

事實上，這本論文更珍貴的精神與價值，在於他的研究意識——「將散文中的『議題』以及『藝術』提在平衡等重的位階，避免偏廢」。

議題研究不是什麼難事，藝術研究才是真正的考驗一位學者的天份和能力。

在這方面，陳伯軒表現出過人的學術視野和論述企圖。他曾花了兩年時間，以驚人的毅力研讀了幾百部台灣現代散文集，奠定了無比紮實的散文研究基礎；再加上他的散文創作經驗，形成一種敏銳的藝術批判能力。這股對語言藝術的感受力和洞悉力，直接促使他格外重視散文研究的「藝術性」，以及本身在論述文字方面的「藝術性」，成為陳伯軒特有的一道評議現代散文的門檻，以及學術論述的風格。

因此他特別強調：「本論文終究需要從議題研究進入，而期待回歸藝術性的討論。」

　　抱持著這份強大且卓越的論述企圖，實際投入散文研究時，他終於「深刻感受到要以學術論文的形式來論述散文的藝術性，是非常艱困的」。特別是在議題取向的論述架構當中，如何同步處理「空間內容」和營構此一空間的「藝術表現」，果真是一項艱鉅的挑戰。當他好不容易找到一段「符合主題」的文字，但其敘述文字卻不盡理想，該如何處置？要是把焦點往外延伸，去討論作者的語言策略或筆法，會不會影響整體的論述呢？

　　很多時候，他成功兼顧到兩者的論述比重，不但展現深具批判性的論述，對創作文本的剖析能力也十分出色，每一位進入討論範圍內的散文大家，都能夠切中其散文美學的核心價值，並提出新穎的見解，在現代散文的空間議題研究上，完成了令人側目的成果。但我們依舊可以讀到他的渴望和焦慮，只差點沒有拋下原有的議題研究，直接投入散文的藝術性分析。陳伯軒的學者性格中蘊藏著作家性格，對其筆下研析的文本，自然多了一重的要求。這是件好事。

　　總的來說，陳伯軒透過空間研究，對散文的理論創造與應用問題，進行了深刻的思考，對散文的藝術性研究，也作了相當可觀的嘗試與探尋。不管從哪個角度來檢視，這都是一部非常出色的論文。更重要的是：他發現很多文類特質上的問題，以及詮釋上的發展軌跡，他已經清楚預見現代散文研究的千里險徑，貧瘠的理論、糾纏不清的問題。

　　那是一條沒有夥伴、沒有盡頭的路。

　　他雄心勃勃的，獨自，走著。

※

　　此書，深刻的記錄了一位年輕學者在散文研究上的思考與探尋，及其學術風格與學術人格之形成。陳伯軒，必定能夠在現代散文研究領域當中，闖出一片天地。

陳大為

2009.12.09

目次

緒　論

第一節　疆界

　　散文創作與研究的比例懸殊，這已是眾所皆知的陳論。從散文「易寫難工」的特性來談，能十分準確分析此現象。散文的「易寫」反映在報紙副刊以散文為主要刊登的文類，散文的「難工」則是間接影響了散文評論不易的原因。余光中談論散文的文類特性指出，「散文向來是寫實的文體，跟詩、小說等虛構創作不同。散文家無所憑藉，也無可遮掩，不像其他文類可以搬弄技巧，讓作者隱身其後。散文既如此坦露平實，評論家也就覺得沒有多少技巧和隱衷可以探討」[1]。散文創作對技巧的依賴不高，又受到「有我」的傳統限制[2]，便很難提供創作者一條通往「工」的捷徑。作家很難明顯地使用藝術技巧經營作品，評論者也不易有系統地分析散文的特色，散文評論自然不如詩或小說來得受人矚目。散文的藝術本質存在這般特性，固然影響了我們對於散文的研究，而當代文學文化研究的方法也彰顯散文研究的困境[3]。西方現代文學不重視散文，作

---

[1]　余光中：〈三百作家二十年〉，《井然有序》（台北：九歌，1996），頁448。

[2]　散文的「有我」意味著散文的「真實性與私我性」，鍾怡雯編選《天下散文選》曾謂「我們相信散文的『真實』，習慣在散文裏尋找作家的身影和生活，並要求散文家與讀者坦承相對，在某種程度上，也滿足了讀者藉閱讀以偷窺的愉悅。正是這種特質，使它與理論較遠，與真實較近」。鍾怡雯、陳大為主編：〈序〉，《天下散文選Ｉ II》（台北：天下文化，2001），序頁VI。

[3]　鍾怡雯自述散文研究的歷程時，表示散文研究的最大困境來自理論的匱乏。「常常我從書架上取下一本又一本的理論，尋找可以支援論述的架構，

家和評論家用力所在主要是詩和小說，自有一套套的理論和術語可供施展。因而，以西方文學理論為批評依據的文學評論家，面對現代漢語散文時，往往難以下手[4]。

有鑑於此，逐漸有些許研究者投入散文的研究工作。學位論文的成果主要集中在散文作家的專論，如琦君、王鼎鈞、余光中、楊牧、張曉風、林文月、簡媜等人的散文研究皆能深入剖析。此外，散文題材「類型化」也帶動了主題式的散文批評與研究，都市文學、原鄉書寫、旅遊文學、飲食文學、佛法散文等，已累積部分研究成果，也有部分議題尚待開啟研究。

本文在前人基礎之上，抽取出「空間」議題作為討論的焦點。

相對於空間，時間的研究在古今中外各個領域都受到極度的重視。事實上，根據研究指出，時間的概念比空間概念生得要晚，所以從各民族的語言來看，時間概念往往要借用空間概念來表達。人類早期對時間概念的理解相當模糊，很大程度上必須依賴空間的概念，「白天透過太陽在天空中的位置（或太陽投下的影子）判斷時間，夜晚通過星辰的運動，通過燃燒的木條，通過燃燒的炷香，通

然後，常常也是失望的，把書重又一一上架。用不上。偶爾在理論中搜尋到吉光片羽，零星的概念可以強化論述，則不免狂喜。問題是，不用理論，不行嗎（行嗎）？」見鍾怡雯：〈我的追尋之路〉，《無盡的追尋：當代散文的詮釋與批評》（台北：聯合文學，2004），頁 5。鍾怡雯的自剖，說明散文研究方法上的困境。

[4] 余光中更進一步談到散文與文藝思潮的關係，「散文既是非虛構的常態作品，不像其他文類那麼強調技巧，標榜主義，所以不是評論的兵家必爭之地，論戰也少。二十年來台灣散文的變化，顯然不像詩和小說那麼劇烈。文壇的風潮，從六十年代現代主義捲向七十年代的壓力之下，引進了後現代主義的理論，並且實驗魔幻寫實，對傳統的寫實主義有所反動，而漸至八十年代末期，在大陸政策開放之下，文革以後『新大陸』興起的反樣板、反遵命文學作品紛紛在台灣轉載、出書，並引起學者與作家的注意。這一連串的變化對台灣文類的影響，首在小說，次及詩，但對散文或戲劇的波及則有限」。余光中：〈三百作家二十年〉，《井然有序》，頁 448。

過燃燒的蠟燭來判斷時間；僧侶以誦經的頁碼來判斷時間……」[5]。儘管空間概念的形成早於時間，但是人們對於歷史、生命、歲月的關懷似乎遠遠超越於對空間的認識。正如 Edward W. Soja 提醒我們的：「對於我們今日所謂的人文科學，特別是在那些更多從批判的、政治的視角來看待知識型構的人士中間，空間性相對處於邊緣地帶，委實是為時太久了。無論是撰寫某一個人的傳記，還是闡釋一個重要的時間，抑或單純應對我們的日常生活，凡是探究手邊題材的實踐和信息的涵義，緊密聯繫的歷史的（或歷時的）和社會的（或社會學的）想像，總是出現在第一線上」[6]。

　　回顧台灣的現代散文創作，即便是近三十年來各式各樣散文題材的勃興，懷舊主題仍是歷「久」——又是歷時性地評價——不衰。懷鄉、懷人、懷事、懷物一直是現代散文的創作主流[7]。如果我們的時間概念往往依循著空間，那當這些懷舊文章無論是揭示了歲月與個人生命歷程的糾纏或是大歷史大時代的洪流沖積，散文家創作當時有意無意依循的「空間意識」為何？如果作者無意書寫空間的情況之下，他無意識透露出的空間感如何？如果是有意識書寫空間，那麼又如何進行藝術性的經營，顯示了什麼效果？除了懷舊文學之外，空間議題的漸次關注或多或少影響了創作者的視野，旅行文學與都市、鄉土文學，都是與空間書寫密切相關的文類，也勢必影響讀者的視野。諸如此類的問題，是進行散文研究時，必須思索的。

　　本文以「當代」作為斷代的界限。「當代」一詞在中國大陸文學史的研究範疇內，專指一九四九年以建迄今的時間跨度；在台灣

5　汪天文：《社會時間研究》（北京：中國社會科學出版社，2004），頁 129。
6　Edward W. Soja 著，陸陽等譯：《第三空間》（上海：上海教育出版社，2005），頁 2。
7　鍾怡雯、陳大為主編：《天下散文選 I II》，序頁 II。

學界，沒有指涉特定的時間，通常泛指近二、三十年。「當代」的內容充滿彈性，從四百年台灣文學史的宏觀視野來看，當代未嘗不可以界定為一九四九年迄今。其中最關鍵性且最具說服力的因素，是當時國民黨退守台灣之後，島內的文學和政治語境產生巨大的變遷，直接催生了大量的懷鄉散文。這些南來的作家將鄉愁轉化成文本中的綿綿不絕的空間記憶，原鄉鮮明的在地文化和生活情境，都投映在「北國」的空間敘述當中。懷鄉散文有非常豐沛的能量，足以成為散文空間型態論述的起點，與本文的討論緊密相關。

此外，張瑞芬在《台灣當代女性散文史論》曾表示：「散文這種文類，中國古來『言志』傳統，加上從西洋散文 Essay 而來的個人主觀調性，它比新詩更不彰顯社會歷史的脈絡，反而著重個人的境遇與性情。其寫作涵蓋時間廣，普遍較詩、小說作家更長，也是分期的困難之一」[8]。她以寫「散文史論」的方法尚且會遇到分期困難的問題，何況是本文以「空間」作為討論的主題，更是難以隨意斷代。既然散文是相對貼近作者的文類，與外在社會環境變遷的聯繫較小，因此本文在理論上就一九四九年以降的台灣當代散文作為討論的對象，乃著眼於台灣文學環境的巨大轉折作為斷代的衡量，才不會侷限散文研究本來具有的歷時性範圍。

任何以「當代」散文作為討論範圍的論述，都不可能將所有的作家與文本搜羅殆盡。因此在選文上，首先以個別作家的整體創作質量作為第一階段的篩選，所有未能結集的新銳作家或水準欠佳的散文個集，都不納入討論；然後，再進一步根據本文論述架構的實際需要，進行第二階段的篩選與補充。所以某些散文名家的著作，未能成為論述對象。

8　張瑞芬：〈「女性散文」研究對台灣文學史的突破〉，《台灣當代女性散文史論》（台北：麥田，2007），頁 41-42。

　　近幾年「空間」議題，在文學以及其他領域都有密切的討論，漢學研究中心與青年文學會議都分別舉辦過「空間移動的國際學術研討會」以及「台灣作家的地理書寫與文學體驗」。學界的熱烈關懷，勢必也影響了年輕一代的作家從事相關的創作，甚至也會影響到出版社的編輯策略。二〇〇八年四月，聯合文學出版社在文建會的獎助下出版了一套《閱讀文學地景》（散文卷、新詩卷、小說卷）共四冊的大型選集，也反映了空間書寫在文學研究、創作、出版上得到的重視。本文對於這樣的熱潮持稍微保守的態度。因為在「空間議題」持續被關注之後，眾多的文本固然有豐富的訊息，然而對於這樣的創作趨勢底下，往往會產生許多刻意為之的投機性創作，趁勢而寫，企圖吸引評論者的目光。「心態可疑」的創作，或「裡應外合」的學術研究，皆不可取。

　　本文較重視的，反而是那些早於「空間議題／熱潮」之前，在常態／非刻意的創作行為之下，文本中不經意流露出來的空間訊息，它們更具備討論的價值。在這種敘述狀態之下，作者對空間的感受往往最真實。

第二節　　脈絡

　　本文既然以「空間」作為切入點，自然需要適度參酌當代空間學的研究成果及其理論。劍橋大學的年度主題講座，曾邀請不同領域的專家討論「空間」，講稿隨後集結成書。此次以「空間」為主題的系列講座，竟涉及了大腦神經意識、手語、建築空間、網路虛擬空間、繪畫空間、國際空間、外太空等。「什麼是空間？沒有哪個定義能做到一言以蔽之，因為空間是複雜多元的。從以往的資料

可以看到，有多少種不同的尺度、方法與文化，就會有多少種空間
以及在空間中展開的人類活動」[9]。由此，我們能夠明白，「空間」
一語除了自身難以定義的問題之外，在很大的程度上成為各個領域
論述的「隱喻」，由此更加深了對「空間」定義的艱難及複雜[10]。
當代建築與地理學的發展，更是豐富了空間學研究的許多面向。
Richard Peet 過去三十年來深入研究人文地理思想的主要趨勢，並
將之連結到哲學和社會理論上更廣泛的主題。他在《現代地理思想》
一書中，介紹了當代地理學結合文化思潮而產生的多元向度，羅列
了人文主義地理學、基進地理學、馬克思主義地理學、實在論與地
域研究、後現代地理學以及性別地理學等。不同的地理學對於空間
的認知與態度也有差別，為了避免將不同層次的空間理論混談，本
文論述執取的立場以人文主義地理學為主。

　　人文主義地理學可以說是首先對於實證主義地理學的反動。實
證主義地理學觀看環境，看到了空間（space）。也就是說，實證主
義地理學看到了均質的地球表面的延展，特徵是可以用標準單位來
測量。在這種情況之下，「空間」被視為客觀的存在，空間和人同

[9] 弗蘭克斯・澎茨（Francois Penz）等編，馬光亭等譯：《劍橋年度主題講座：空間》（北京：華夏出版社，2006），頁 2。

[10] 這個說法本來不難理解，但似乎還是得引用 David Harvey 的論述才能使某些人信服──「『空間』經常引發修飾。複雜性有時候來自修飾（這經常在訴說或書寫中省略了），而不是空間觀念本身內蘊的錯綜複雜。例如，當我們常寫到「物質」、「隱喻」、「閾限」、「個人」、「社會」或「心理」空間（僅舉幾個例子）時，我們指出了各個樣深刻影響事物的脈絡，使得空間的意義取決於脈絡。同樣的，當我們建構像是恐懼空間、遊戲空間、宇宙空間、夢想空間、怒氣空間、粒子物理空間、資本空間、地緣政治張力空間、希望空間、記憶空間，或是生態互動空間等片語的時候（再度只是舉出這個術語顯然無窮無盡的配布場域中的幾個例子），應用領域界定了非常特殊的事物，因而使得提出空間的任何類屬定義，都像是毫無希望的任務。」見 David Harvey 著、王志弘譯：〈空間是個關鍵詞〉，《新自由主義化的空間》（台北：群學出版，2008），頁 113-114。

樣都被視為科學研究的客體。人文主義地理學則強調地方（place），那是指人們發現自己、生活、產生、經驗、詮釋、理解和找到意義的一連串場所（locales）[11]。人文主義強調個人主體的價值，面對散文強烈抒情的文類特性，應當是最不容易產生乖隔的一派理論。然而在本文論述的過程當中，也會因著文本關注的議題差異，分別納入其他的理論作為強化論述的發酵劑。例如談到散文中的「家屋書寫」，人文主義地理學對「家屋」的詮釋，顯然與性別地理學的立場不同。在此情況下，將視文本呈現的樣貌與創作者的意圖，進行不同理論的比較與運用。

無論如何，以人文主義地理學的理論視野作為分析和理解空間的方式，「空間」一詞在很大程度上可以從紛雜的「文學隱喻」中脫穎而出，成為一個具體（立體）、明確的對象，不僅僅作為心理活動的投射。文本中「空間」的指涉因此變得更「具體實有」，而人文主義的詮釋又替實有空間保持了詮釋的的彈性。

本文以空間作為研究的範疇，充滿了社會實踐的議題性。「我們生活的空間維度，從來沒有像今天那樣深深關牽著實踐和政治。無論我們有意應對日常生活中與日劇增的電子傳媒糾葛，尋求政治的方式來解決日益增長的貧困、種族和性別歧視、環境惡化的問題，還是試圖理解全球範圍頭緒紛雜的地理政治衝突，我們日益意識到我們古往今來，始終生來就是空間的存在，積極參與著我們周圍無所不在的空間性的社會建構」[12]。空間在散文中或隱或顯的存在，當然也具有其批判意義。都市散文即可能採取批評文明的立場描摹空間，原鄉的地誌書寫或許描繪了人間仙境，種種議題，都可

---

[11] Richard Peet 著，王志弘等譯：《現代地理思想》（台北：群學出版社，2005），頁 75-76。

[12] 索雅（Edward W. Soja）著，陸陽等譯：《第三空間》，頁 1。

以是創作者有意無意為之的結果。然而，本文以「空間意識及其書寫型態」為題替代「空間政治」，正意味著在議題研究之下，藝術性／文學性將會是本文進行評斷最後的丈量。

　　站定位置，對於任何文學批評都是非常重要的。尤其在現代散文研究如此匱乏的情況之下，如果不能清楚表明自己（與他人）論述的立場，恐怕會造成論述資源的重複或是產生毫無交集的學術對話。散文批評有許多的層次，在此，我們借用鄭明娳的散文理論來輔助說明散文評論的幾個層次。

　　鄭明娳本欲建構的現代散文理論，主要分成三個階段：類型論、構成論、思潮論[13]。這三大方向分別指涉了散文研究的幾個不同立場。類型論無論是在題材或是體裁方面進行分類，都只能算是一種歸納整理，那是進行散文研究的必要工作——不進行類型區分，就無法限制研究的範圍，也就無法進行更進一步的批評。構成論討論散文組成的幾個不同層次，五個子論並非各自獨立，而是一個「層疊複合系統」[14]，其中，結構論的最後談及思維結構，包括了作家的思想情感，乃創作的原點，也是作品存在的終極價值[15]。我們會發現，思維結構成為了散文構成論與散文思潮論的過渡[16]。

---

[13] 鄭明娳：《現代散文構成論》（台北：大安出版社，1989），頁1。按照鄭明娳原先的計畫，在構成論之後應該有思潮論，後來沒有寫成。而是出版了《現代散文現象論》（1992），與《現代散文縱橫論》（1986）一樣，此書並非有系統的理論著作。嚴格說來只能算是散文（作品與現象）批評，不能算是散文理論。

[14] 關於「層疊複合系統」請參考《現代散文構成論》，頁1-3。

[15] 鄭明娳：《現代散文構成論》，頁252。

[16] 「如果試圖透過一篇作品來觀察作者，有時固然可以管中窺豹，有時則不免瞎子摸象。是故，要解讀散文的思維結構，最好能透過作者的歷史背景去理解。如果能解讀系列散文的思維結構，則可進一步掌握作者整個人格集思想的全貌。這乃是文學研究的終極目標」。《現代散文構成論》，頁253。這裡鄭明娳提示了一條有層次感的散文思維研究，從單一作品到系列作

思維結構強調單一作家作品顯示出來的情感,而思潮則是大時代思想型態與潮流,是個別作家思想論的彙總宏觀[17]。於是,在結構論中,思想結構與形式結構、情節結構、體勢結構有較大的不同。思維結構直接影響了我們對散文作品的情感思想進行探究,亦即作品往往帶有作者展現的哲思。至於修辭、意象、描寫三論獨立時,是屬於單一靜態的呈現,直接關注於散文的語言藝術性。最後,鄭明娳尚未完成的思潮論,理論上說來應該牽涉了散文的發展與流變,屬於文學史研究的範圍之一。

特別需要注意的,鄭明娳曾表明類型論、構成論、思潮論三者既有其各自獨立,亦有互相疊合之處。好比思潮論與類型論的疊合會產生主題論,構成論與思潮論的疊合會產生技巧論[18]。我們借用她建構的散文理論來申明散文研究的不同立場,就必須要注意到這個現象:類型、構成、思潮分別對應了不同層次的散文研究,但是當此三者相互疊合之時,所對照出散文研究層次也產生複合。以鍾怡雯的《亞洲華文散文的中國圖像》為例,這本論著研究的立場是以題材類型與思潮論疊後產生的主題(中國圖像),進行思維結構(想像共同體)或意識形態層面的研究。在這個立場上,論者自然不會苛求文本的藝術性分析[19]。散文研究的層面非常複雜且靈活,但或多或少都會有一個主要立場,作為彰顯其研究價值的基礎。

品,從作家思想到時代思潮。

[17] 鄭明娳:《現代散文構成論》,頁 6。

[18] 鄭明娳:《現代散文構成論》,頁 4-7。

[19] 鍾怡雯於此書結論曾經表示研究的困境與申明自己研究的立場:筆者所論述的散文是所謂的狹義散文,也稱純散文或抒情散文。這個標準放在台灣沒有問題,可是置諸其他國家,卻常常造成沒有論述資料的困境。有的篇章勉強可以稱為「作文」,早期的則是半文言半白話的「散文」,由於筆者的論述範疇不只跨越文學和文化,更牽涉到意識形態的問題,為了論述完整,在合理的範圍之內納入少數非純散文,或「作文」。鍾怡雯:《亞洲華

　　「空間」作為一獨立討論的範疇，關涉到散文情感和思緒的研究。

　　我們以此作為討論的出發點，將逐步顯現空間的政治性與實踐意義在散文中的構成。換言之，我們研究散文的文本空間時，無可避免地討論著不同空間型態所具備隨之相異的關懷，但是在充分掌握之後，本文企圖回歸散文藝術構成的原則——思索「空間」如何在散文中更有效地進行文學性的經營。確定了這樣的論述策略，我們就更容易分辨出既有的研究成果，能夠分別在什麼層次上給予本文協助與啟發。也就是說，從「藝術性」和「議題性」兩大方向進入散文研究，我們會發現，徒有「議題」的研究，恐怕會使文學作品成為附和「議題」的文獻／文宣；但若在缺乏議題作為討論的對象，單單從「藝術性」的角度分析散文，又有落於修辭格分析的困境[20]。其實，題材與技巧常常在不同的程度上相互影響，我們確立了本文的策略與方法，即是將散文中的「空間意識」以及「書寫型態」提在平衡等重的位階，避免偏廢。

文散文的中國圖像（1949-1999）》（台北：萬卷樓，2001），頁 248。鍾怡雯在論述時納入非純散文就是不單強調散文的藝術性層次。事實上，她在論述的過程中，強調文化意涵更甚於散文文本的藝術性經營。這便顯示了此論著並主要立場不是站在語言藝術的層次進行討論。

[20] 廣義地說，散文的藝術性不單只有語言修辭的問題，還包括章法和敘事的探討。即便是語言修辭，也不會只有限定在修辭格上。當修辭論與意象論、描寫論、敘事論甚至結構論產生疊合，我們便能夠探討一篇散文的修辭策略或修辭思維等，然而這些批評方法，至今尚未有較系統明確的運作方式。因此針對散文藝術性的評論當中，比較常見的還是針對修辭格的研究，「不過這類型的解析，嚴格說是『以散文作品做為修辭學的實證』，而非散文批評，因為修辭學本身只是一種可針對任何文字結構進行框架套用的形式裁奪；除非這一類型態的論者能夠發展出真正集聚焦點於散文形式特質的『散文修辭學』，否則對於散文的發展並無法提供具體的建樹」。鄭明娳：〈台灣現代散文研究〉，《現代散文現象論》（台北：大安出版社，1992），頁 182。

　　既確立研究的策略與方法，承上所言，之所以能夠廣納人文主義地理、性別地理與後現代地理學一同作為分析文本的理論，原因在於我們不是要進行空間政治的辯證及批判，也不是要拆解文本作為證成理論的元素。而是當我們立基於藝術性作為最終核心的批評準則，同一作品越禁得起多元理論的詮釋分析，就越能顯示出作家的藝術性經營，也越能獲得較高的評價。亦即表示本文援引人文主義地理學作為理論的主要依據，並且適度參酌性別論述及後現代地理，分別針對不同的空間型態進行詮釋，並且從相同的空間意識中比較不同作家作品的創作功力。

第三節　輪廓

　　Linda McDowell 於《性別、認同與地方：女性主義地理學概說》，有順序安排了討論不同尺度的空間／地方，從身體、家、社區、公共場所到國族國家、移置。由小至大，由內向外的序列，確實是討論空間議題很適合使用的方式。然而，以此作為參照系，可以發現本文並未按照此序列進行討論。

　　主要考量的原因有幾個：首先，儘管許多空間議題都把「身體」當作最初始的「地方」[21]，但是「身體」議題畢竟與我們所理解的

---

[21] 「雖然地理學家可能不太容易將身體設想成為地方，但身體確實是個地方。如果你願意的話，身體是個人的地方、區位或位址，一個身體和另一個身體之間，多少有些不能滲透的界限。雖然身體無庸置疑是物質性的，具有諸如形體大小等種特質，因而必然佔用空間，但身體呈現在他人面前，以及為他人所見的方式，則依人們察覺自己置身的空間和地方而有所不同」。琳達·麥道威爾（Linda McDowell）著，徐苔玲等譯：《性別、認同與地方：女性主義地理學概說》（台北：群學出版社，2006），頁35。索雅在介紹亨利·列斐伏爾（Henri Lefebvre）的差異理論時，轉引其他學者的

空間／地方有認識上的差距。身體研究花費很大的力氣關注「主體」，即便置身於不同空間會產生不同意義，研究者也是試圖將產生的歧義回歸到「主體」的探討。而家、社區乃至於國族、移置等問題，作為空間研究的焦點，主要置身於「主體」認識「客體」的過程，從而討論「客體」對「主體」產生不同的意義。除此之外，台灣現代散文創作並未顯現大量而明確的身體書寫，在可討論的文本數量不足時，暫且將此議題擱置。

　　省略了身體作為地方的討論，本文的章節大致依循著社區地方（包含都市與原鄉）、國族國家（原鄉）、移置（空間移動）的順序。家的議題置於最後，乃因家的議題常常是性別地理學所關注的焦點。在全文最後，除了以人文主義地理學者的角度檢視家園，基於理論運用的轉變，也可以作為同一空間型態不同理論辯證的一個參考。

　　〈緒論〉作為全篇領文，主要闡述研究動機、範圍和方法。〈第一章‧都市空間的營構策略〉，先參考地理學家的研究界義「地方」，作為本文論述的目標，並略述 Kevin Lynch 關於《都市意象》的理論。其次分別針對街道、商圈與地標三種意象的經營進行探討，明白作家藉由何種方式在文本中營造地方感，以及效果如何等問題。都市散文時常採取批判的敘述視角，都市空間以及都市地景在作家的經營之下，是否成功彰顯了他們所要表達的意旨？進入九〇年代之後，當都市成為了某些人的「鄉土」，這與八〇年代許多作家蜂擁而來的「都市觀察」有很大的不同。當時是台北城現代化正值劇變的年代，許多作家難以接受都市現代化帶來種種的陋習。而今書寫城市，有了更細膩，更具象，更豐富的方式展現，大多數的作家

用語，以「最近的地理」來指稱「身體」也是將「身體」作為最初的地方的指涉。索雅（Edward W. Soja）著，陸陽等譯：《第三空間》頁，44。

們都是採取了又愛又恨的態度，不再一概抹煞／抹黑都市的價值。這樣的轉變有何差異，也是本章結語致力討論的重點。

相對於八〇年代都市批判的作法，原鄉恆常是作家心中的烏托邦。〈第二章・原鄉的追尋與認同〉在前言先界定原鄉。我們會發現原鄉沒有辦法被劃定為單一的空間尺度，正因為原鄉是一個「地方」，「地方」本是一個既簡單又複雜的概念，它存在著某種意義，不僅是客觀空間的一個位置，而且地方的尺度可大可小，一個角落可稱是地方，一個國家也可能是個地方。弔詭地說，「原鄉」、「地方」的無可定義正是它們本身最清楚的說明。「原鄉書寫」也不能理解為單純地描寫「故鄉」、描寫某個地點或位置，故鄉意味著作家理想價值的源頭，原鄉書寫則成為生活理念的一種依歸。分別從客觀的地誌書寫到主觀的鄉愁與文化衝擊談起。整體言之，原鄉書寫顯然比都市散文有更多元的詮釋視野，對於地方感的構成也稍微成功。當然，文學作品固然可能協助創造地方感，但是並不能從地方感創造成功與否論斷作家創作的優劣；在某些情況下這可能是作家隱藏地方而刻意為之的寫作模式。至於如何恰如其分掌握地方特質作為創作的主題或背景，如何寫出人與土地的情感，則是作家必須時時面臨的挑戰。

〈第三章・現代性與空間位移〉緊接著對地方社群與國族國家進行討論，那就牽涉到地方與地方之間、國族與國族之間的流動，「移置」的議題就這樣被突顯出來。前言部分，我們簡單介紹現代性與空間位移的關係，從中可以發現，空間的迅速位移往往意味著現代性的來臨。我們從作家對前現代的懷舊與嘲諷、談到現代性的位階，最後反思空間位移是否帶來削蝕地方感的可能。

回到我們最初降臨的地方，家，承載了我們生活的歸宿。在〈第四章・（潛）意識裡的住宅空間〉，將討論人文主義地理學對於「家」

的界定，它正符合我們日常所悉「家是我們的庇護所」之概念。「人是屬於家的，這種附屬關係的形成是與人類在文化中所習得大量的思維習慣與行為習慣緊密聯繫的。這些習慣很快就自然而然地融進人類的日常生活中，因而它們像是原本就存在似的，是一個人的本質。一個人離開家或熟悉的地方，即使是自願地或短時間地離開，也讓人感到那其實是一種逃避。逗留在虛幻的世界中，少了些壓力，少了些束縛，因而也少了些真實」[22]。但是家在我們每個人心中，真的如此夢幻美好嗎？當隱藏性別政治被揭顯之後，我們赫然發現，原來對許多女性來說，家是另一個壓迫的所在。這固然是女性主義學者致力於探討的領域，事實上，在我們的散文文本中也有些許的文本足資證明。在前言部分，我們先簡述以人文主義與女性主義不同理論對於家的詮釋，產生明顯的差異。第一節我們探討人文主義論述下對於家的描述，以及對於歸屬感的追求。接著鎖定散文中女性空間的描述。一方面先從家庭生活的其他面向，如家務、照料子女等事情談論起，在此階段，我們回過頭去對於前一節討論的居家生活進行重新的評議，接著進行女性自主空間的追尋。

在歷經不同空間議題的探究辯證之後，本文結論回歸藝術型構的討論。〈結論〉的部分我們則試圖描述撰寫過程中所遭遇到的問題進行討論，這當中多少會涉及關於散文研究方法論以及散文文類特質的陳述，縱然未必詳全，但是要更進一步研究現代散文，這些討論都是不可迴避的。

---

[22] 段義孚著，周尚意等譯：《逃避主義》（台北：立緒文化，2006），頁 5。

第四節 回溯

以「空間」作為討論的範疇,必然會牽涉許多不同散文的題材類型,無論是都市文學、旅遊文學、原鄉書寫……,都是值得深拓的領域。我們不可能在有限的篇幅對每一種題材類型進行周全的探究,於是,準確有效地吸收其他研究者的成果作為論述輔助就成為非常重要的工作。

觀察學位論文的成果,都市散文的研究方面,除了關於林耀德、簡媜等作家專論時提及的部分,劉中薇的《尋找一座城——市民書寫中的台北形象》利用形象學(imagologie)的方式觀望文學中的臺北。作者首先界定形象與意象的分別:「形象乃是存在於我們腦海中的圖像與畫面,意象則是將形象轉化為文字後的情感抒發……,本研究也就是從文字意象中,去深入探討人們心中對臺北的形象認知」[23]。經過細膩的分析探究,她發現人們對空間的記憶往往伴隨著時間,這個時間可能是城市的歷史,但更多的是屬於個人私密的計時器[24]。此文以台北文學獎得獎作品為分析文本,想一探有別於作家之外的市民腦海中的台北。比較遺憾的是,可能有兩個懸而未解問題影響作者的判斷。首先,以市民書寫作為分析的樣本之前,我們會發現很難界定一般市民與專業作家的差別。我們如何分辨作家創作與市民創作在意義及成果上有明確的不同?其次,文學獎作為一個鼓勵創作的機制,本身有許多複雜的因素指導/干擾創作者的自由意志,例如歷年主題的擬定、或是文學獎存在漸成習套模仿的危險性,都是這篇論文較為無法關注的焦點。不過

---

[23] 劉中薇:《尋找一座城——市民書寫中的台北形象》(台北:政大廣電碩論,2001),頁 25-26。

[24] 劉中薇:《尋找一座城——市民書寫中的台北形象》,頁 133。

我們確實能夠在此論文中得到一個比較，作家有意識書寫的台北與台北文學獎中的台北，前者往往比後者來得具有批判性。在文學獎的機制之下，想要以批評的方式書寫台北而獲得文學獎的肯定，總是較為困難的挑戰。

如果以前述分析散文研究的不同層次來看，邱珮萱撰《戰後臺灣散文中的原鄉書寫》顯然是基於題材類型論與思維結構論的疊合，進行散文情感思維的研究。她主張戰後台灣散文的原鄉書寫歷經懷鄉、鄉土、本土認同三個階段。由於作者進入文本之後，主要進行文學情感與社會文化連結的探索，因而認識到原鄉書寫必須「脈絡化」的討論：「原鄉書寫必須被脈絡化，唯有將其置回創作背景的時代環境中進行考察，如此我們才能較為深入且確切地探求其書寫的真正意義，同時也必須經由創作背景的連結接著，原鄉書寫所具備之社會象徵媒介的動能性，才更顯清晰明朗」[25]。職是之故，此文在每章論述之前，花了不少篇幅進行時代背景的考察，這與本文立基於散文藝術性考察的方式明顯有異；而我們以「空間」作為觀察的向度，考察文學家如何藝術性地將空間意識形構出來，與邱文強調作家在特定時代背景之下的心理情感大不相同，也或許正能在研究方法及成果上作為詮釋的互補。

本文住宅空間的研究，便期待試著就人文主義地理學與性別論述來辨證住宅空間的價值，以及落實在散文寫作上的差異。散文、性別、空間三個領域的交集，使得這方面的研究尚未有具體的呈現。周雅鈴以小說作為分析的樣本寫成《當代台灣文學中關於女性空間之研究》，雖然分析的目標並非散文，但是在方法上相信可以提供我們不少參考。

---

[25] 邱珮萱：《戰後臺灣散文中的原鄉書寫》（高雄：高師大國文博論，2002），頁 175。

　　與學位論文對比之下，單篇論文對此議題的關注自然顯得零散而缺乏系統。偶有關於空間或地誌書寫的討論，也集中在詩與小說當中。以《花蓮文學研討會論文集》[26]看來，即便第二屆標舉「地誌書寫與城鄉想像」，但是關於散文研究的論文還是集中於在地作家的散文概論，與實質上的地誌書寫無太多的關涉。

　　回顧相關論述至此，我們會發現一個特別的研究趨向：以上這些散文研究，凡是主題式的探討，幾乎都是採取文化研究，而非文學研究的視角。對照文化研究的方法，我們在此毋寧是更願意朝文學性回歸。這是本文研究的方法、立場，也是預期成果。期待經由「空間」議題的襄助，讓我們思索散文作為一獨立文類的特質，了解它可能有的侷限，以及更大更多開拓的可能。

---

[26] 《第一屆花蓮文學研討會論文集》（花蓮：花蓮縣立文化中心，1998）、《地誌書寫與城鄉想像：第二屆花蓮文學研討會論文集》（花蓮：花蓮縣文化局，2000）。

第一章　都市空間的營構策略

前　言

　　根據《人文地理學詞典》定義，地方（place），是二十世紀七〇年代人文主義地理學區別實證主義地理學家的主要概念之一[1]。「地方」是人文地理學核心的辭彙，卻很難予以定義，在地理學發展史上出現過各式各樣的用法。Tim Creswell 表示，透過地方觀念史，我們至少可以見到三種研究地方的層次：（1）地方的描述取向──這種取向最接近常識觀點，像這種獨有特殊的地方研究取向是區域地理學家採用的方法，但至今持續不歇。（2）地方的社會建構論取向──這種取向依然關注地方的特殊性，但只是拿來當作更普遍而基本的社會過程的實例，探討地方的社會建構，涉及了解釋地方的獨特屬性。馬克思主義者、女性主義者和後結構主義者可能會採取這種地方取向。（3）地方的現象學取向──這種取向嘗試將人類存在的本質，界定為必然且很重要的是「處於地方」。這個取向比較不關心「複數地方」（places），而比較專注於「單一地方」（place）。人文主義學、新人文主義者和現象學哲學家，都採取這種地方取向。「層次一表現了對於我們所見的世界表面的關懷，層次三表示呈現了地方對人類有何意義的深刻普遍感受」[2]。我們既

---

[1]　R.J 約翰斯頓主編，柴彥威等譯：《人文地理學詞典》（北京：商務印書館，2004），頁 511。

[2]　Tim Creswell 著，王志弘等譯：《地方：記憶、想像與認同》（台北：群學，2006），頁 85-86。關於地方觀念史，可參閱此書第二章〈地方的系譜〉，頁

然採取人文主義地理學的立場看待地方，由此必須進一步了解「地方感」（sense of place）：「地方感是指一個地方對局內人（住在那裡的人）和局外人（到訪者）激起的『主觀』感覺」[3]。

正因為強調地方感就是跟某個地方有關的「主觀」感受，使我們能夠順理成章檢視文學中的地方感。地方與空間的社會意義的表達有賴於文學的協助。Milk Crang 表示，「文學不能只是解讀為描繪這些區域或地方，很多時候，文學協助創造了這些地方」[4]，這些作品喚起的地方感，具體地說，就是讀者知道「置身那兒」是怎樣的一種感覺[5]。

本章從都市散文對空間的營造策略來談地方感在散文中構成的方式，作家藉由何種方式在文本中營造都市地方感，以及效果如何等問題。都市欲產生鮮明的性格，意象的建立恐怕是首要之務。「意象（image）就是心理學上的形象，這和表象在概念上沒多大的區別，但是現在意象已經成為一種專門用語，那些探討城市實質環境在人們心中所產生之印象的研究都稱為意象研究」[6]。Kevin Lynch 在《都市意象》中提出構成城市意象的五個基本要素：（1）路徑：指各種道路，觀察者走在通道上認識環境。（2）邊界：指位在兩個面的交界。可能是阻礙物，也可能是縫合處；前者隔離兩區，後者連接兩

27-86。

[3] Tim Cresswell 著，李延輝譯：〈地方〉，收入 Paul Cloke 等編著，王志弘等譯：《人文地理概論》（台北：巨流，2006），頁 302。正如鴻鴻書寫台北時所言：「第一次到巴黎，我住了九個月，從不想家。良心不安地拷問自己，才發現真的，台北的一切環境、建築、街巷，都無法讓我留戀。只有連接上人的記憶，那些角落的形狀、顏色、氣味，才可能產生無可取代的意義」。鴻鴻：〈有諾諾的台北〉，《作家的城市地圖》（台北：木馬文化，2004），頁 20。

[4] Mike Crang 著，王志弘等譯：《文化地理學》（台北：巨流，2005），頁 58-59。

[5] Tim Creswell 著，王志弘等譯：《地方：記憶、想像與認同》，頁 15。

[6] 徐磊青、楊公俠編著：《環境心理學——環境、知覺和行為》（台北：五南出版，2005），頁 61。

區。(3)區域：指城市由中型發展成為大型，經過許多片斷組合，向平面伸展而成。(4)節點：指特殊要點，或者是交通往返必經之途，或是路徑密集的中心點，或是區域與區域之間的交叉處。(5)地標：諸如建築物、商店或山嶺，觀察者不必進入這些所在便能夠觀察[7]。此五項要素並非固定不變，某一個物體的意象往往在不同的觀察情況下，會改變它的形式。譬如說，一條高速公路在一個駕駛員的想像中，只是一條道路，而在徒步者的心目中卻是一個邊緣[8]。此五要素所檢視的範圍也不侷限在城市，所檢視的尺度可以大到一個世界小到一個房間。就個人認識城市的過程而言，如果城市的道路系統比較複雜的話，那麼人們可能先學習認識地標；一個方格網的城市，道路像是棋盤，路徑就成為比較容易認識的目標。「無論如何，此五項要素中，路徑和地標示城市空間認知中最為重要的」[9]。

　　Lynch 的理論所關注的意象限於視覺意象，尤其是實體意象。他認為這些特質是城市具有可辨認性與否的關鍵。然而，有許多非實體物質性因素影響都市意象的形成，好比社會意識、歷史變遷、城市功能，甚至是名稱。至於人們認識空間的意象的方式也不單侷限在視覺，段義孚便曾指出除了視覺的積極經驗形式，嗅覺、味覺、觸覺和聽覺等消極的經驗形式都有助於我們認識空間意象[10]，換言之，都市意象複雜且變化多端，還常與其他的東西混淆，幾乎每一種感覺都在起作用[11]。

---

[7]　Kevin Lynch 著，宋伯欽譯：《都市意象》（台北：臺隆書店，2004 七版），頁 46-49。

[8]　Kevin Lynch 著，宋伯欽譯：《都市意象》，頁 48。

[9]　徐磊青、楊公俠：《環境心理學》，頁 55。

[10]　段義孚著，潘桂成譯：《經驗透視中的空間和地方》（台北：巨流，1998），頁 7-16。

[11]　《環境心理學》，頁 61-62。另外，徐磊青、楊公俠討論「環境知覺」時也提到，「我們要想在環境中有所行動，所做的第一步就是要了解環境，我們常

　　但這並不意味著每個人都必須有親身經驗才能感受一個都市的特色，我們對一個地方的情感或概念除了親身蒞臨，通常也受到不同媒介的影響，如電視、電影、繪畫、地圖，甚至是民間傳說或他人轉述……，其中當然包括文學作品[12]。如果我們能夠藉由文學作品感受一個地方（城市）特色，那麼文學作品將會如何呈現呢？就都市散文而言，路徑和地標確實是較被關注的書寫目標，雖然並非皆是視覺意象，但透過不同的感官意象，也提供我們了解都市特質如何在散文中再現。都市散文時常採取的批判視角，是否成功彰顯了他們所要表達的意旨？作家在批判都市文明時，是否也在行文之際無意暴露另一種文明的視野？這些問題，都是值得我們細細探尋的。

第一節　時間，或移動的焦慮

　　在散文中將街道當作客體進行描摹者相當罕見，依照常理判斷，運動中的圖形在靜止的背景上往往容易被感知，那麼街道上的人和車流應當是作家致力書寫的對象。不過諷刺的是，描寫熙攘往來的人潮或是車水馬龍的交通，並沒有成為都市書寫的主要素材，倒是在一反常態之下，空無一人的街景或是停滯不前的車陣，才是作家藉以嘲弄或諷刺的情境：

用視覺、聽覺、嗅覺、觸覺和味覺等感覺接收環境訊息。……我們各個感官接受到環境不同特性的第一手資料，幫助我們在頭腦中建立起一個個環境的畫面」。見《環境心理學》，頁31。
[12] 莊玟琦、邱上嘉：〈都市空間意象探討〉，《設計學報》第 4 期（2004 年 7 月），頁 117。

尖峰時段，都市就像鏤刻著精密迴路的矽晶片被滴上膠水，所有的邏輯全走不通。新莊的堵車雖非專利，在眾多的都市中卻是首屈一指，輔大的期中考試甚至為此順延過。早晨，滿滿一車的學生在悶濕的鐵盒中焦慮地維持他們動彈不得的姿勢，憂心忡忡怕遲到、怕點名，然而車窗外的景物總是「停格」；黃昏以後，一輛喧嘩不已的客運車上，鮮紅色的小蜘蛛在司機閒置的臂和方向盤間拉出一道銀線。[13]

塞車是都市居民共有的經驗，一談到塞車，自然容易將場景鎖定在都市。當學生正為塞車感到「焦慮」時，卻是「維持動彈不得的姿勢」，這種心理的躁動與身體的僵硬製造出更大的緊張。相對於黃昏時客運巴士內的「喧嘩不已」，早晨的場景顯然是寧靜的，這固然是林燿德細膩描寫出他敏銳的觀察，也製造出一種「無聲焦慮」的感受——大家只能默默將煩躁留在心中。這段描寫塞車的文字至多是突顯了公車內的空間，對於街景以「停格」一詞帶過，似乎沒有什麼新奇。就在同一篇文章，林燿德卻使用嗅覺來描寫新莊的街道：

> 閉上眼睛，單憑嗅覺就可以了解目前車子的所在，染廠、醬油廠、肥皂廠……羅列在中正路的兩側，浮現腦海中的地圖是用氣味決定的。藥皂氛圍所及，那是屬於浴室磁磚的白；被染廠硫薄的酸氣霸佔的路段恒以涅黑為其象徵；要用色彩來釐清中正路上的十數種味道，必須對色彩有相當的敏感，否則就有色窮之慨了[14]。

---

[13] 林燿德：〈通學〉，《一座城市的身世》（台北：時報，1987），頁 99。
[14] 林燿德：〈通學〉，《一座城市的身世》，頁 98-99。

「人類的鼻子是比較衰萎的器官，我們常用眼睛去發現『危險』及『興趣』的來源，但若能利用鼻子協助辨識氣味的強度，亦較易於估計相關距離和確認方向」[15]，依照段義孚這段討論來看待以上例子，我們可以確認林燿德所描寫的新莊中正路必然是一條「氣味強烈」的街道。隨著公車的行進，氣味轉移，意味著空間的移動；由此帶出染廠、醬油廠、肥皂廠等地景，透露這是工業化的都市的一隅。這段文字從氣味勾勒街景，旋即又以色彩修飾氣味，從嗅覺取代視覺，又反過來以視覺代替嗅覺。儘管諸多顏色只是一種心象而非具體所見的顏色，但這也表現出人們還是慣以視覺來理解空間。類似的情況也發生在林彧的〈色相〉，當朋友問起：紅色是不是一顆飽脹的愛心被猛砸到鋼板後的顏色？「一時之間，我無言以答；撫著臉上未能消退褪的傷疤，我想到久雨後的城市，那般慘黯、嘔吐過的天空」[16]，接著他沒有如林燿德給空間一一抹上顏色，卻是把顏料塗到城市內複雜的資訊網絡，並感嘆太雜亂的顏色會弄瞎眼睛[17]。比較之下，林燿德發出「色窮」之嘆而區別一段一段的街景顯得較有創意。

---

[15] 段義孚著，潘桂成譯：《經驗透視中的空間和地方》，頁11。我們不妨另外對照作家實際生活經驗下的感想，周志文在〈停電〉文中寫到：「……距離和方向，我們通常是靠視覺來判斷的，一旦沒有了光，視覺消失了，我們就是在熟悉的家裡也會迷路。而其實，我們的感覺器官還有聽覺、嗅覺及觸覺，當視覺消失之後，我們仍然能靠剩餘的感覺來判斷方向和距離，譬如書房門口掛著一隻電子鐘，它發出的滴答聲，足以令你分辨你現在的位置，廚房、廁所、臥室都有不同的味道，你停止依賴視覺的時候，這些氣味就會發揮作用，指引你走向何處」。可惜周志文這段文字比較著重論說，而不似林燿德以嗅覺「聞出」街道那般具有可讀性。周志文：〈停電〉，《三個貝多芬》（台北：九歌，1995），頁211-212。

[16] 林彧：〈色相〉，《愛草》（台北：華成圖書，2003），頁118。

[17] 「我怕看見男女之間不規矩的桃紅，倒會捲款逃逸的鼠灰，神棍詐財騙色那般貧乏的土黃，以及諸般不安分的柳綠、出牆的杏紅、囂狂的墨黑、輕浮的水藍等。太雜亂的顏色會弄瞎眼睛的」。林彧：〈色相〉，《愛草》，頁118。

同樣是堵車，簡媜的〈黑色忍者〉則以幽默的口吻談論，指稱在塞車期間不妨做些別的事情：聽歌、按摩、算命、捏菜梗子、包水餃……，處處顯現面對交通黑暗，除了忍耐之外，似乎沒有任何改善的方法。文末作者意有所指地嚷嚷：感謝上帝，我們終於「快要」有捷運了[18]。「快要」可以作多方面的解讀：首先那很明確代表了一種自慰的心理，相較於文中談及面對塞車轉移焦點的方法，對於捷運的期待可說是望梅止渴[19]；另外強調「快要」無疑暗示了在繁忙的台北，處處講求速度，連人民生活日常都不時被冠上時限；而為了「快要」到來的「捷運」使台北的交通陷入黑暗，對作家而言是難以丈量的荒謬。值得深思，無可否認現代都市帶來了高度便利性，但為何這些作家頻頻顯現出強大的急躁與焦慮？如同《時間地圖》所言，「當代最大的反諷之一就是：人們有了那麼多省時的機器、發明，自己能保留的時間卻少得史無前例。……加重工作負擔的禍首，通常正是那些原本打算節省時間的發明。……其中的原因之一是：幾乎所有的技術進步，似乎都伴隨著期望的高漲」[20]。當我們凝視都市空間的時候，顯示的是都市人「（想要更）快速」的移動。事實上，在這空間移動的現象背後，透露了這種批判視角是對時間充滿無止盡的索求——現代都市的便利性慣壞了這些人的速度感。

[18] 簡媜：〈黑色忍者〉，《胭脂盆地》（台北：洪範，1994），頁70。

[19] 在一個急劇演變的都市化過程中，市民的時間意識也會反映在都市意象裏，尤其是對「未來」的強調。夏鑄九的研究顯示，絕大多數的人對「過去」及「現在」基本上都會有所分辨，雖然其深淺的程度各異。「就大體而言，台北地區居民所持有的可以說是一個『向前展望』的心態，對『過去』基本上是持一個否定的態度，對『現在』則是暫時的容忍」。夏鑄九、葉庭芬：〈台北地區都市意象之研究〉：《國立台灣大學建築與城鄉研究學報》第1期（1981年9月），頁74。

[20] Robert Levine 著，馮克芸等譯：《時間地圖》（台北：商務，1997），頁24。

　　更進一步思索，會從塞車發現台北小盆地的居民竟有著極為類似的生活節奏：人們在同一時間起床、同一時間吃飯、同一時間看電視（如新聞節目）、同一時間睡眠；這種生活節奏的整體性，具有積極的一面也有消極的一面，活動的共時性有利於人們之間的交往，也有利於保持良好的社會秩序。但消極的一面也是明顯的，如在同一時間上下班，會給交通帶來很大的壓力，引起經常性的交通阻塞[21]。交通阻塞無疑給都市快節奏的生活一記狠狠的耳光，在忙碌急躁的生活之下，塞車形成一種（度日如年的）時間感的反差，引起尖銳的焦慮。

　　時間與空間雖屬不同的範疇，但是卻非完全無關。事實上，時間要素存在於移動之中，移動的效果、目的等，同時涉及的時空。段義孚在〈經驗空間中的時間〉提到，我們有空間感是因為我們能移動，我們有時間感，是因為作為生物的我們遭受緊張和鬆弛的重複出現階段。當我們伸展四肢，我們同時經驗到空間和時間[22]。簡媜〈黑色忍者〉從塞車引發出都市生活節奏過於單一規律的聯想，卻無法使讀者從中了解時間影響著空間的變化。相對而言，林燿德〈生物時鐘〉便達到了這樣的效果：

> 人被習慣和工作所驅使、束縛，個別的生物時鐘便組成區域性的人文景觀，整個區域在時間的遞嬗中不斷規律地發射出有機的訊息，只要長期生活，不需如何深刻的觀察，就可以體會出這個龐大的生物時鐘。有時候某間店鋪不再開張了、某個攤販不再出現了，開始，我們感到微微地詫異，甚至有一絲失落的情緒掠過，但是幾天後我們很快地不在意了、淡

---

[21] 汪天文：《社會時間研究》（北京：中國社會科學，2004），頁 67-68。
[22] 段義孚著，潘桂成譯：《經驗透視中的空間和地方》，頁 111。

忘了，好似他們根本不曾存在一般；新的人、事、物總是及時填補了空白。[23]

〈生物時鐘〉顯示的命題亦是生活節奏被規律化，但是他巧具匠心體察到個別的生物時鐘組成區域性的人文景觀。這區域性的人文景觀便指向空間，儼然提醒我們空間的變動仰賴時間，這正如周志文所感慨的：「世界恢復得真快呀，這個角落，跟世界其他角落一樣，時間一過，便無辜的好像從來沒有發生任何事一樣」[24]。街道景觀的變化也規律成了另一種指針：「基隆路上海產棚裡顧客的數量如同錶中的指針，隨著空桌比例的減少，就可以意會到時針的位置，二成滿在晚上七點過後，八成滿必是十點出頭」[25]。這遠比簡媜所描述的情境——「機械文明快速地規律人的生活，同時修剪手工時代人的情感觸鬚，甚至思惟模式」[26]——來得真實、具體，且準確。

塞車能夠成為作家致力關注都市的一個面向，而另外一個極端則是都市街道了無人跡的情況：

> 有一次演習，不知情的我走出交通管制的巷口，整條新生南路上杳無人車，一片死寂。陽光很大，路面變得異常寬敞，只有幾隻花貓拖著黑而短的影子懶散地橫過，登時我感到一種強烈的荒涼。[27]

「黑而短」的影子暗示著接近正午時分，新生南路卻因為演習的緣故，而杳無人車。呼應前面以時間勾勒空間的說法，「花貓懶散地橫過」營造了緩慢的時間感，更顯現出街道空間異常寬敞，但這給

---

[23] 林燿德：〈生物時鐘〉，《一座城市的身世》，頁130-131。
[24] 周志文：〈沒有發生任何事〉，《三個貝多芬》，頁100。
[25] 林燿德：〈生物時鐘〉，《一座城市的身世》，頁130。
[26] 簡媜：〈傳真一隻蟑螂〉，《夢遊書》（台北：洪範，1994），頁139。
[27] 林燿德：〈都市的貓〉，《一座城市的身世》，頁28。

予作者的竟不是相反於塞車時焦躁心情的「悠閒」，而是「荒涼」。林燿德這種以批判都市為基調的書寫，明顯表露出對都市空間不甚友善的態度，而這種立場同樣出現在簡媜的文章，可說是作者不自覺的執著與偏見[28]。在大白天，都市街道呈現一股荒涼的景象，確實顯得與眾不同。然而若在深夜或凌晨，車流量減少，街道呈現幾乎淨空的狀況便不難想像，但這理所當然的景象依舊能夠召喚作家善感的心，從而進行思索與書寫。

〈靚容〉的開頭便是描寫這種場景。結尾部分交代了全文主旨，「在都市進步繁榮，整齊秩序的靚容裏，卻存在著難以解決的文明苦果——擁擠、罪惡、噪音和污染」[29]。如果按照 Lynch 提出的五種都市意象要素檢視，則〈靚容〉開頭三節所描寫的內容，大約介於路徑和區域之間：這三節描寫的客觀環境是公館商圈一帶，依此看來則屬於一個「區域」；但是又非將公館作一有機的組織體描寫，而是藉著基隆路、羅斯福路等街道交織而成。這三小節可以場景區分為四部份，分別描寫破曉前的基隆路、漸至天明的景象、七點半的椰林大道，以及羅斯福路。文章一開始的描寫細膩且深刻：

> 基隆路上奔馳了整夜的卡車和貨櫃，破曉前，總擁有一份奇特的安謐和寧靜——一種缺乏穩定性和安全感的安謐和寧靜。蟄伏在夜幕底下的臺北，彷彿是鋼鐵、水泥、玻璃和磁磚構成的龐大叢林，那是憑藉個人心智和力量所無法

---

[28] 簡媜描寫城鄉時間感的差異時，恆常以「城／鄉」＝「忙碌／悠閒」的對立，但是在「災難過後」，「城／鄉」的時間感卻又被營造成「死寂／活絡」的對立，這樣再現的手法與林燿德描寫的白日荒涼一樣，都存在著不自覺的偏見。見陳伯軒：〈鄉音無改——論簡媜散文的城鄉連結的時空思維〉，《語文學報》14 期（2007 年 12 月），頁 337-354。

[29] 林燿德：〈靚容〉，《一座城市的身世》，頁 79。

企及的團體傑作。巨碩而錯落的建築物，此刻正如墓場中
的碑石般，吞噬無數人口，鎮住無數因緣聚合、無數苦集
滅道。[30]

這段敘述頗值得玩味，破曉前的街道車流量減少本乃理所當然，倘
若這麼「理所當然」的安靜給予林燿德一種「缺乏穩定性和安全感」
的想法，那就不意外在演習時，他闖入新生南路看到日正當午卻空
無一車時，表達出的那種「荒涼」。由此作家書寫乃提醒著讀者，
我們認為「理所當然」的都市景象，所謂的「理」究竟為何？作者
的修辭策略可以提供大家一種審視的角度，建築物成為了碑石，則
都市成為了墓園。尤其是「錯落」的建物甚至意味著這裡成為了「亂
葬崗」，這些「碑石」不是從天而降，而是「團體傑作」。如果回到
篇名〈靚容〉與主旨欲表達靚容背後的文明苦果看來，這篇文章內
像是「傑作」這種正面的修飾，恐怕都帶著諷刺的意味。所謂「龐
大叢林」，值得我們思索，使用叢林來比喻城市，是我們習以為常
卻又充滿諷刺與弔詭的修辭。簡媜也曾寫過：「逃，成為你在城市
叢林中最常使用的動詞」[31]，蔡詩萍更是將叢林意象立體化：

> 現代都會的脈動深深喚起他們潛藏的競存本性，他們是莽林
> 般的都市叢林裡最冷峻的搜獵者。物競天擇，鐵一般的律令
> 規則，為他們馳騁都市提供了自然法的原始依據。叢林競
> 獵，直聳天際的高大熱帶林幕，隱匿著生死判然的格鬥；血，
> 赤裸裸宣示了生存要付的代價。[32]

---

[30] 林燿德：〈靚容〉，《一座城市的身世》，頁 69。
[31] 簡媜：〈水證據〉，《天涯海角——浮爾摩沙抒情誌》（台北：聯合文學，2002），
頁 174。
[32] 蔡詩萍：〈城市新貴族〉，《不夜城市手記》（台北：聯合文學，1997 年二版），
頁 68。

叢林意味著充滿原始、未開化、非文明的種種危險，當我們認定那是「未開化」、「危險」的時候，其實正拿著「文明」的尺來度量。我們一方面用文明去度量原始，另一方面卻以被指涉為危險的原始轉向成為文明的象徵。「為他們馳騁都市提供了自然法的原始依據」正表示了「都市叢林」此一修辭習慣，乃是在將都市負面印象與「野蠻原始」綁在一起，那麼「野蠻原始」又是誰去定義的呢？在都市散文的書寫下，城市成為一個曖昧複雜的危險區域，而這些作家不經意掉入自己設下的文字陷阱。我大膽提出假設，在「都市」、「叢林」之中還有一個時常出現的意象：「森林」（包括樹林、竹林等相類似的意象）。「森林」意象在許多篇章中都呈現了對大自然有著田園式的想望，因此我們可以發現，許多作家在有意無意之間，其實是站在「田園」的位置，左批都市，右拒叢林，又將此光譜兩端的皆遭受貶抑的意象結合在一起，遂成了「都市叢林」這個修辭套語，行之既久便習以為常。而所謂「田園」的概念，既不同於「都市」的機械文明，又非「叢林」那樣原始蠻荒，「田園」被認為是人為力量開拓自然最恰到好處的一種生存樣態[33]。

---

[33] 不同於林燿德以亂葬崗來形容都市，林文義〈拂曉城市〉寫到：「森林般高樓彷如一堆巨大的玩具積木，被一雙怪異的手隨意散置，疲憊非常的癱瘓在每一條堆滿了煙蒂、衛生紙、果皮，還有被踐踏的人性尊嚴的街邊」。將這些大樓形容為散落滿地的玩具積木，是非常特別的。這似乎透露出了許多人引以為傲的城市建築，不過是某個至高的天啟的玩物。而當林文義無意間給出了一個高於都市人的存在者，相對地就貶低了都市人存在的價值。林文義在此形容高樓的語彙不是「叢林」而是「森林」，我們可以將之視為「修辭失準」的現象。也就是當林文義想要使用「森林」這樣的概念形容都市，其實隱含的概念和「叢林」無殊。他以同樣的模式修飾都市時，順手寫下的「森林」和其他作家據以描寫的「叢林」，同樣是「野蠻危險」的。

第二節　消費的板塊運動

　　上文提到〈靚容〉前三節的內容，也可作為時間空間互相描述的例證，如果把前引「基隆路上海產棚裡顧客的數量如同錶中的指針，隨著空桌比例的減少，就可以意會到時針的位置……」視為單一空間歷時性的變化，那麼〈靚容〉開頭這三節便可以視為移動空間的共時性變化，儘管時序上已經由凌晨到早晨，但是這樣時間推移的幅度並不大。尤其所描寫的區域是公館商圈，即便是到了早上七點半「公車氣喘吁吁的噴著黑煙來去」，但「沿路的膳堂書鋪猶自重門深鎖」[34]，仍然與所謂「商圈」的印象大相逕庭，正好成為了藉由不同時段摹寫地方的又一例證。但也正因印象的落差無法突顯公館一帶所謂「商圈」的面貌，因此要將〈靚容〉看作是對區域的描寫還是有點勉強。

　　不過公館一帶，自羅斯福路、汀州路到溫州街，商業性格本來並不特別顯著。原因在於其商區特性之外，還有由台大與師大間構成的一片文藝氣息濃厚的「台北拉丁區」：

> 從永康街開始，向南延伸的這條動線，經過和平東路、青田街、泰順街，一直到溫州街地帶，是我在都市中活動最常出沒的區域，在這條帶狀區域內，遍佈著咖啡店、餐廳、以及個性化的藝術商品；再加上附近幾所大學學區的影響，中外學生以及學者、藝術家生活在其間，形成了一種都市內文風鼎盛且文化多元的特別區域，有些類似於法國巴黎左岸的拉丁區，因此我便將這個帶狀地區稱作是「台北的拉丁區」。[35]

---

[34] 林燿德：〈靚容〉，《一座城市的身世》，頁70-71。
[35] 李清志：〈台北拉丁區〉，《作家的城市地圖》，頁113。

文化氣氛的醞釀形成乃至於被市民認識與認可是一段非常漫長的過
程。也正因為如此，其內造就出的文化氛圍自然不似消費性格濃厚
的商圈那樣，受到熙攘往來的人潮與資訊影響而瞬息萬變。因此才
有人寫到：「我時常慶幸自己生活在廈門街、汀州路、牯嶺街一帶，
比較起來，這裡是台北市區中樣貌改變較為緩慢的區域」[36]。劉黎兒
也甚至認為，台北是一個多層次的都市，「在嶄新的一層表皮裡，隨
便闖進一條巷弄，也會出現傳統市場，還有許多古老、熟悉的內裡
層在，令人安心」。特別是「大學活動範圍的羅斯福路、舟山路、公
館一帶也是改變比較少的，所以會覺得『我的台北』還健在無恙」[37]。

　　其實，我們並不容易去界定區域，在於區域的範圍可大可小，
尤其作為一個意象被突顯，可能還需要將此一劃定的範圍視為個
體，以鳥瞰的方式進行理解。前文引李清志〈台北拉丁區〉的段落
是如此，廖玉蕙的〈住在台北哪一方？〉談到自己住家區位的便利
性時，也試圖展示一幅台北市地圖（至少是大安區的地圖）在讀者
面前：「如今，我居住的大安區，堪稱台北的心臟地區。它生命力
超強，虎虎生風，像一座強力的馬達，向四面八方輸送滾燙的血液。
向前方一路過去，是中正紀念堂、國家圖書館、外交部、一女中、
總統府；向後面行去，是大安森林公園、師大附中、世貿、一〇一；
右手邊有台大醫院、教育部、立法院、行政院、成功中學、火車站；
左手邊是師大、台大、建中、植物園……。讀書、找資料、看醫生、
坐車、練氣功，甚至看立法委員打架作秀，都可以在一炷香的功夫
內達成」。[38]這種鳥瞰的方式文字敘述，會產生一種閱讀地圖的效

---

[36] 宋祖慈：〈時光隧道的入口〉，《戀戀台北》（台北：台北市政府新聞處，2005），頁70。

[37] 劉黎兒：〈青春物語的舞台〉：《戀戀台北》，頁62-63、66。

[38] 廖玉蕙：〈你在台北哪一方？〉：《戀戀台北》，頁44-45。

應，迅速地讓讀者明白作者所欲描寫的位置。不過這樣的描寫還得還原至本來的文章脈絡閱讀，否則光看這樣由地名／地點堆砌而成的片段則顯得非常生硬。

　　其實，在都市散文被創作者有意識標舉的初始，作家對區域的描寫特別鎖定在商圈，其曝光率遠高於住宅區或文教區。這一部份，蔡詩萍在《不夜城市手記》有相當出色的表現：

> 從西往東，「西門町」是第一顆暗夜升起的明星。往東，是中山堂，標誌著五〇年代的社會氛圍；再往東，是坐落博愛路和中華路口的台北郵局，對著北門，六〇年代的台北風華，隱隱透露著全面消費文化的臨盆。再往東，希爾頓飯店曾經領了數年風騷，標誌了站前時代的動向。然後，是頂好商業圈，從 Sogo 開始，「東門町」裡的統領百貨、明曜百貨、麥當勞、溫娣、ATT，公開宣示了這位城市的身世彷彿永不衰落的貴族，顧盼生姿總能在另一個定點，另一段不能預測的時間起點裡，延續它的城市風華。[39]

展讀〈「町」的故事〉，發現作者像是空中攝影一般，將台北的發展鳥瞰一番。由西向東，從五〇走到了八〇末，蔡詩萍的這段文字不但顯示了空間的位移，也展演了世代的交替。不同的世代、不同的區位，造就不同的文化，而作者擎住「中山堂」、「台北郵局」、「希爾頓」「Sogo」等幾個周身要穴，立刻能夠營造出鮮明的台北印象。西門町已是明日黃花，而東區卻還是個娉婷少女，少女得連在東區的少女都有獨特的氣質：「東區無疑是亮眼的。台北的舉手投足，搶盡了這塊島嶼的風情。而東區，卻引領著台北緊緊追趕世界的流行。東區的亮麗是毫不猶豫的，像逡遊於東區的女孩，她們對美的

---

[39] 蔡詩萍：〈「町」的故事〉，《不夜城市手記》，頁 111-112。

捕捉,大膽寫在眉宇間」[40]。東區是台北望向世界的窗戶,東區女孩直接感受到流行,有著屬於自己大膽而自信的美麗,東區女孩是不同於其他女孩,正是源自於東區獨一無二的(消費)文化特質。這特質發出旺盛的生命力,東區是台北的心臟、是不夜的,東區的清晨也不像林燿德筆下公館商圈的清晨那樣有片刻的寧憩:「清晨,這裡擁有台北最密集的車流,壅塞的忠孝東路串夾在兩旁雄踞的大樓間,各路公車、計程車、自用車、機踏車,還有穿梭其中的各型人脈,隆隆引擎聲和大小滾動的輪軸,東區硬是充塞出緊張的快節奏跳動。然後,白天啟動……」[41]。如果不注意作者提示的時間,這樣繁忙的交通,怎麼能讓人相信竟然是在清晨會出現的?

　　東區的活力不僅僅是這段文字而已,蔡詩萍更是接著從白天川流不息的資訊談起,東區的午間時刻或許有短暫的休憩,實際上所有的活動都聚集在餐廳內,訊息交流更是快速:

> 就像坐在這裡,我不需要自己走動,便能在進進出出不斷更迭的午餐人群裡,聽到許多上午才剛剛發生的新鮮故事。有的可能像過去每一天都不斷重複的城市瑣事,發生後隨即流逸;有的則可能繼續延續到下午,然後成為晚間新聞的背景註腳。而無論留下原跡,或者迅速消散,城市的脈動卻永遠流動不止。坐在這裡,我的耳邊流瀉的,正是這座城市每天每時每刻都正在演出的生命過程,並且是最熱鬧的新鮮話題。[42]

外邊則是攤販悄然的流入,引領著黃昏人潮如洩洪般湧入,夜晚則是霓虹燈與夜店音樂接手的時刻了,廿四時滾燙的人流車流澆燙著

---

[40] 蔡詩萍:〈美麗新主張〉,《不夜城市手記》,頁59。
[41] 蔡詩萍:〈東區攤販〉,《不夜城市手記》,頁95。
[42] 蔡詩萍:〈追逐他們追逐股市的表情〉,《不夜城市手記》,頁73-74。

台北的心臟。觀察都市，作者不會甘心只是這樣泛泛地瀏覽東區，
這篇〈東區攤販〉寫得極好，透過「攤販」把握住東區消費特色與
文化地景，但這裡的「攤販」不同於傳統夜市，他們主要以「流行
精品」和「舶來品」吸引著都市的年輕族群，這裡的人群是混雜香
水味與古龍水味，而攤販「緊緊捉住了人性游移的規則，也緊緊扣
合了城市演進的軌跡」[43]。

　　七〇年代末，台北主要的商圈的由西門町逐漸轉向東區，最遲
至八〇年代初期東區新建的現代化大廈已經在台北所有意象元素
中顯示相當清晰而突出的自明性[44]。更進一步說，東區之所以美
好，在於東區的商業設施創造了都市居民的幻想。劉偉彥認為，以
空間關係而言，東區明白顯示了它與都市現實生活世界的差異，「居
民發現了一個良好秩序的社會交流的開放空間以及多重表情有如
嘉年華會般的美好氣氛」[45]。

　　蔡詩萍描繪的東區固然有其獨到的特色，仍舊免不了採取批判
的立場。在前舉各篇文字，都有各自欲諷刺或批判的觀點。〈東區
下午茶〉更是毫不留情批判東區的商業性格，連下午茶都淪為生活
戰場的延續，「更糟的，也許像生活中多餘時間的一次晃蕩」[46]。
因此即使幾乎每家咖啡廳都是窗明几淨，伴著輕鬆的音樂，舒適的
座椅，東區的下午茶卻顯得俗氣：

> 因為東區的午茶時間，人聲還是幾乎鼎沸的，人情還是幾近
> 焦躁的。東區台北人的下午茶，彷彿只是把上午的急切轉移

---

[43] 蔡詩萍：〈東區攤販〉，《不夜城市手記》，頁 96。

[44] 夏鑄九等：〈台北地區都市意象之研究〉，《國立台灣大學建築與城鄉研究學
報》第 1 期，頁 75。

[45] 劉偉彥：《台北東區之空間文化形式——一個初步的社會分析》（台灣：台
大土木工程所碩論，1988），頁 117-120。

[46] 蔡詩萍：〈東區下午茶〉，《不夜城市手記》，頁 125。

　　　　到午後咖啡杯、沖茶器的快速攪拌裡，午茶不過是工作場域
　　　　的一次更迭，而不是心情的一回小憩。[47]

永遠在高速奔馳，東區慢不了腳步。其實不只是東區，西區也慢不
了腳步，這些商業區作為台北城內顯著的區塊，顯示了都市的浮
華、熱鬧、流行、富麗，卻無論如何顯示不了作家期待更具深意涵
養的文化氣息。當我們發現在僅有的區域描寫，商圈總是成為首要
的素材，更可顯示在作家的認知裡，商圈遠比文教區、住宅區等來
得能夠彰顯這個城市所具有的面貌。這個再現的視角下，他們的批
判不言自明。

第三節　都市文明的天際線

　　區域的描寫畢竟有限，在街道之外，另外能夠直接矗立形象的
莫過於地標（landmark）了。建築物、招牌、商店、山嶺都可能成
為地標。我們不一定需要進入或接近，有時遠遠的也能觀看到地
標。地標如果夠具特色，也可能成為一種地景（landscape），地景
的意象和觀念，跟嘗試理解何謂現代社會的感受有密切的關係[48]。
在都市裡最容易受到矚目的當然是建築物，林燿德以墓碑比喻都市
的建築物可說是冷筆冷調，這樣的批判顯得含蓄而具象。另外一種
情況則是以熱烈的情緒高聲吶喊，直斥都市大樓的建造是人類潛意
識的弒母之慾[49]。

---

[47] 蔡詩萍：〈東區下午茶〉，《不夜城市手記》，頁 124-125。
[48] Catherine Nash 著，李延輝譯：〈地景〉，《人文地理概論》，頁 291。
[49] 「崇拜摩天大樓的人不難找出一千個理由解釋何以砍伐一棵大龍眼樹，如
　　果人們完全無異議，我必須說這是現代人潛意識裏的弒母之慾，自然的確

　　大樓的意象還可能衍伸其他相關的意象，譬如違章建築、建築中的空屋，以及廢墟意象。〈無聲暴力〉寫的是都市的垃圾問題，垃圾就像是無聲的暴力，殘害都市居民。而違建則是都會中龐大的垃圾，更為強烈的暴力：「違建是垃圾的同質異態。一座嶄新的大廈在頂樓住戶入駐後鮮有不變得面目全非的，鋼筋架上、水泥灌下。很快大樓就多了一層；莫說樓頂了，就連建蔽率的規定也在放寬標準下形同具文；於是頂樓住戶便更加積極地從事他們的堆積木遊戲」[50]。撇開行文錯誤不談[51]，這段文字與上面簡媜〈仇樹〉那段引文非常類似，同樣是直接地批判，缺乏意象的經營。這樣書寫方式，淡乎寡味，往往禁不起咀嚼。「無聲暴力」或是「違建是垃圾同質異態」本身都是深具創意的意象，但是在文章中卻無法成為意象系統，薄弱的意象支撐不了嚴肅的議題，白白糟蹋了一個好題材。真正成功書寫應該如林氏描寫〈工地〉的場景一般，將所欲表達的思想含蓄隱藏在較具藝術性的文字之下，夜深，進入未完工的大廈雛形裏，作者放任他的感官去鎖定這空屋的形狀：「踏在凹凸不平的階梯上，一手扶著粗糙的牆，一手鬆散地垂懸」（觸覺）、「緩

是人的原生之母，叛逆之、凌辱之、處死之才能建立人的權威，那種駕馭宇宙天地飛禽走獸花草樹木的一家之主的權威」。簡媜：〈仇樹〉，《夢遊書》，頁 39。

[50]　林燿德：〈無聲暴力〉，《一座城市的身世》，頁 133。

[51]　「莫說樓頂了，就連建蔽率的規定也在放寬標準下形同具文；於是頂樓住戶便更加積極地從事他們的堆積木遊戲」，林燿德在此似乎混淆了「建蔽率」與「容積率」。建蔽率乃指一塊建築基地內，其建築物之最大水平投影面積（即建築面積）占基地面積之比例；容積率則是建築物地面上各層樓地板面積之和與建築基地面積的比率（不包括地下層及屋頂突出物），前者為平面管制，後者為立體管制。按照作者敘述，頂樓從事堆積木遊戲，則與「容積率」有關，而非「建蔽率」。再看這段文字敘述，「莫說樓頂了，就連……於是頂樓住戶……」云云，這樣的敘述本身就矛盾了，既然「莫說樓頂」，怎麼又會出現「頂樓住戶」如何如何，顯然這是作者行文未審之處。

緩地在沒有任何視野的黝暗中移動著高度和座標」（視覺）、「外頭如隔世般傳來的車聲斷續」（聽覺）、「刺激很淺，寂寞卻深」（感覺），當地圖上原來不存在的巨大建築將要矗立起來，林燿德略帶憂傷地點出這都會繁華的表象與殘破的廢墟竟是相倚相成的：

> 到達尚未設防的樓頂，眼睛對於月與都市的光芒，起初並不習慣。鋼筋、廢料和工人留下的泛黃汗衫四處散置，華麗大廈誕生前的情景，竟是如此接近廢墟；其實人生的至歡與至悲，看來也是相彷彿的，高潮中飽慾的面容和哭泣的臉孔又有什麼不同？[52]

八〇年代是摩天大樓成為台北市地景的關鍵時期，當時具體實施的松山機場飛航區建築管制放寬、開放空間獎勵容積率等辦法，以及民間資本技術的新組合，都使得摩天大樓開發的潛力大增。加上土地成本提高，投資者竭盡所能爭取更多的容積率，以期建造最大樓地板面積。況且當時普遍認為，建築物的「高度」在象徵該都市在社經地位或支配權力上的優越性。所以在林燿德書寫都市散文的八〇年代，以當時的政經發展，摩天大樓成隨著資本集中而紛紛矗立，成為主導的地景之一[53]。

倘若「華麗大廈誕生前的情景，竟是如此接近廢墟」，那麼藉由這些紛紛聳立的高樓地景而塑造都市意象的台北，卸下繁華之後，恐怕成為一個更廣大的廢城？「廢墟」作為「華廈」的對比，林燿德永遠只是點到為止，沒有闡釋得這麼遠。而「工地空屋」、「廢墟」的意象，似乎不像是「大樓」那樣成為都市書寫中有著一貫批

---

[52] 林燿德：〈工地〉，《一座城市的身世》，頁143。
[53] 鄧宗德：《八〇年代台北市支配性都市地景形成之研究》（台北：台大城鄉所碩論，1991），頁87-88。

判的角度。簡媜的〈空屋〉敘述她夜闖正在興建的空屋，不料遭到
反鎖的經過。意外發生，簡媜並不驚恐，反到愜意地觀賞遠處的景
致。一個人的空間，帶出她悠然的生活節奏，也正因為是杳無人跡
的角落，成全了作者個人當下的時序感受能夠緩慢地前行：

> 就算吶喊，不會有人聽到。奇怪的是，並不感到恐懼，我靜
> 著，看著遠處半坡的五節芒花，似動非動；三兩聲狗吠，七、
> 八隻秋雀。坐在地上，摸摸口袋：一串自家的鑰匙，而已。
> 那麼，真是一個神不知鬼不覺的人了，被遺忘在杳無人跡的
> 角落，死了又活，活了又死，漫長地等待。[54]

同樣是施工中的空屋，簡媜之所以沒有林燿德那般慨歎，是因為她
向來抱持著田園性格生活在都市邊緣，田野自然的性格在都市中暗
自呈顯，外在世界的忙碌與她自身獨處的感受，形成了顯著的差
異。同樣是「廢墟」，林燿德以此諷刺摩天大樓的興建，簡媜卻說：
「我不嫌廢墟，因為在它的靜止裏大自然的氣息逐漸回魂」[55]。廢
墟同樣因為沒有人而呈現「靜止」，大自然的氣息「逐漸回魂」，顯
示了作者當下的時間感是緩慢的。而使用「回魂」，也代表在簡媜
的認知裡，大自然才是萬有存在的本來面貌。

　　二人面對空屋、廢墟之所以會產生差異，在於他們對於都市批
判的方式有所不同。林燿德的敘述與批判，恆常處於都市之內，而
簡媜則往往利用城市與鄉村的二元對照進行比較[56]。如果說林燿德
是站在都市看都市，簡媜則是站在鄉村看都市，這可說是都市散文

---

[54] 簡媜：〈空屋〉，《夢遊書》，頁 117。
[55] 簡媜：〈一路順風〉，《舊情復燃》（台北：洪範，2004），頁 30。
[56] 簡媜城鄉生活二元對立的項目可列出：都市／鄉村、文化文明／自然原始、
　　機械／手工、快速／緩慢。見陳伯軒：〈鄉音無改──論簡媜散文的城鄉連
　　結的時空思維〉，《語文學報》14 期（2007 年 12 月），頁 337-354。

書寫的兩種型態，由此差異，使得發現在二人某些相同的建築意象，確存在不同的價值評斷。對林燿德來說，廢墟或許有著某種現代主義式的荒涼與疏離，但簡媜對於一個「像水泥叢林乞討綠光的人而言」，欣賞廢墟不時冒出的野生植物算是享受了。

　　既然簡媜時時把握著自然田園情懷，那麼她針對都市地景的書寫部分就比較著重在「變」，這不同於林燿德針對都市「既有」的景觀進行刻劃：

> 事情從那片一畝闊的草地說起，很明顯的是舊農舍夷平後，尚未建築高樓大廈而滋生的雜草平坡，盡頭連著一脈矮山，雖然不夠雄壯，自有它歷史性的蒼翠。草地年輕，綠得很天真，山巒老邁，綠得很圓熟。它們很謙虛地與藍天白雲共同分配空間，形成我眼中的三層起伏。每回經過這裏，總要望一望，汲取非人文的景致。我豈不知這樣的一眼兩眼，既不增添什麼也不遺失什麼。我豈不知兩旁停放的重型機械與富麗堂皇的預售中心，正與草地中央的那棵大樹形成危險的三角關係。[57]

這是書寫得很成功的片段。我們可以發現簡媜畢竟拿著田園的尺度丈量都市，因此花了許多篇幅描摹大自然的景色。但是只要最後寫出「重型機械與富麗堂皇的預售中心，正與草地中央的那棵大樹形成危險的三角關係」，所欲透露的議題瞬時透明而立體。簡媜不對著冰冷的摩天大樓開火，那是木已成舟的事實，本難以逆轉，但眼前美好的景緻「正在」一點一滴的被破壞，豈不教她心驚？簡媜不直接書寫大樓，卻把大樓以及背後的都市文明都寫了進去。這種書寫模式擴大來看，就不適合放在都市文學的範圍，而是以原鄉／鄉土書寫視之才會有更精采的詮釋。

---

[57] 簡媜：〈仇樹〉，《夢遊書》，頁37。

　　與高樓有關延伸出來的題材或是意象還有像是「鑰匙」與「燈火」。前者著重在都市生活築起一道一道防禦的牆，卻也將自己鎖入鐵幕之內，林彧的〈保險箱內的人〉或是〈窗旁的人〉、林燿德的〈鑰匙〉都屬於這類的作品；而燈火則是高樓在夜城被觀看的方式，蔡詩萍〈輕言別離〉、林彧〈檸檬燈〉、林文義〈燈火〉屬之[58]。不過鑰匙的涵義陳腐固定，燈火的意象又過於零散，都不如「電梯」來得值得注意。林燿德〈電梯門〉用寓言的方式描寫搭乘電梯產生的「幽閉恐懼症」，同樣的題材在〈靚容〉中則以敘述代替象徵，除了幽閉恐懼外，文末也提到搭乘電梯時大夥無所適從的狀況：

> 有如世襲的天性，電梯裏的人們彷彿豎著利刺取暖的刺蝟，保持著微妙的空間關係，或雙目低垂、屏息凝神，或兩眼發直、喃喃報數。在如釋重負地步出電梯前，如一群沉默而枯燥的雕像。[59]

電梯的發明直接影響建築物高度的增加，高樓與電梯是不可分割的。被鑰匙影射的疏離人際關係，可能在某個時刻卻雜聚在電梯空間，電梯空間變得十分耐人尋味。誠如蔡詩萍所言：「人們擁進同一座大樓，卻又弔詭地在同一個空間裡疊累出層層相依相隔的人際

---

[58] 〈檸檬燈〉收錄在林彧第一本散文集《快筆速寫》（台北：自立晚報，1985），頁64。林彧此時的文章也偶有提到塞車或是大樓等意象，但是卻以溫情的立場看待，「用一方薄薄的淡淡的檸檬黃的燈火，溫暖一個常常的寒夜」，這是截然不同於一般對都市描寫採取批判的視角，也不同於林彧《愛草》時期的風格。林文義的〈燈火〉則表現出比較複雜的情懷：「滿城燈火。白天的追逐、脫序、紛亂、爭執都在夜晚暫且歇息了嗎？這個讓我們又愛又恨，悲痛、歡欣的城市，就用夜晚的燈火來魅惑我們，而在魅惑的同時，不也意味著某種欺瞞？」林文義：《港，是情人的追憶》（台北：九歌，1995），頁30。
[59] 林燿德：〈靚容〉，《一座城市的身世》，頁74。

網路」[60]。然而電梯的「幽閉」還是偏向人際疏離的問題，要從電梯與高樓意象密切性來看，蔡詩萍〈心在樓的最高處冷卻〉內的透明電梯被賦予的涵義則是「爬升」：「電梯載著生活於城市的時髦男女，往上攀爬出現代城市的摩登文明。離開地面，為的是一種期待；懸宕於高樓中的心情，嚮往的是越爬越高的位置。樓高一層，心的爬升愈上一層」[61]。這裡所謂心的爬升，指的可不是心靈境界的提升，而是朝向都市人無盡向上的欲望指涉，仍然是採取批判的視角看待電梯及背後整個城市。

　　八○年代，在摩天大樓從地圖中猛然突起，使大樓成為都市書寫最主要的關注的意象。可惜的是，我們從以上的分析不難發覺，無論是正面書寫「大樓」，或是連帶出現的相關意象「違建」、「廢墟」、「電梯」，都不具有指認性。「違建」、「廢墟」、「電梯」缺乏辨異性還說得過去，但實際上，從八○年代開始台北的地景變化十分劇烈，房地產流行的主流商業建築形式，如歐式尖塔、中國園林、或高科技意象等較七○年代只是框架式的單調立面，有更清晰的空間自明性，而這些表意設計所傳遞的涵義也是普遍被社會大眾認知的[62]。這些建築背後所意涵的象徵意義，更是作家值得細細探究之處。如果說，蔡詩萍描寫商圈時擎住的「中山堂」、「台北郵局」、「希爾頓」、「Sogo」是台北城的周身要穴，那一一立起的高樓大概算是針灸了吧？偏偏在批判都市的預設之下，這一根根的不是療傷的針灸，卻是在背的芒刺。作家不看它們象徵的繁榮，而視之為高壓的生存空間，這生存空間威脅的不只是成人，連都市孩子的童年都被犧牲：

60　蔡詩萍：〈心在樓的最高處冷卻〉，《不夜城市手記》，頁 22-23。

61　蔡詩萍：〈心在樓的最高處冷卻〉，《不夜城市手記》，頁 22。

62　鄧宗德：《八○年代台北市支配性都市地景形成之研究》，頁 90。

> 我親眼看到過，兩個孩子在樓頂的陽台上，試圖將一隻塑膠布
> 繃緊的風箏放高起來。他們嘗試了好多次，從陽台那頭急奔到
> 另一頭，一個抓著線頭，一個高舉著風箏，他們鍥而不捨努力
> 著，仍是徒勞無功。我很想告訴他們：何不到郊外的野地上去？
> 可是，我和他們隔著好幾棟房子，我無法傳達我的感覺。[63]

這段文字也算是經營得法，以孩童作為描述的客體，會比一般泛化
的都市人更具張力。孩童被視為天真純淨的象徵，高舉的風箏則是
傳統樸素的遊樂，但是在都市狹小的空間中，沒有足夠的場地讓風
箏起飛。無奈的還在於，即便作者想勸告孩子到「郊外」放風箏，
卻因為「隔著好幾棟」房子而無法傳遞訊息。

　　大樓內部是幽閉而疏離的空間，從外部視之，一幢幢的大樓又
是瓜分天際的利刃。當大樓成為都市地景最突出的意象，甚至是唯
一的意象時，也意味著有更多意象被我們丟棄在都市灰色的背景之
下，隱匿不察。至少，周志文的〈票亭〉從都市地景的角度來看，
就是一篇與眾不同的佳作：

> 大部分的票亭已經變成一個雜貨店的模樣，它販賣冷飲、口
> 服液、報紙雜誌，充當各報分類廣告的「代理商」，它還賣
> 各色的口香糖，小孩吃的零嘴，大人吸的香菸，有些甚至在
> 冰櫃中放著一盒盒標榜產地是雙冬的檳榔，在靠近大學或者
> 公園附近的票亭，大多也賣膠捲，因為在這個區域，喜愛照
> 相的人較多。在早起人聚集或趕早班的人較多的地方，它通
> 常供應早點，其中包括已經包裝好的三明治和在電鍋中煮著
> 的茶葉蛋；它的生意型態完全是因地制宜的。[64]

---

[63] 林文義：〈公寓的孩子〉，《從淡水河出發》（台北：光復書局，1988），頁22。
[64] 周志文：〈水鳥〉，《三個貝多芬》，頁39-40。

43

這段敘述可以有幾點值得欣賞的地方：首先他寫的票亭，是民營公車改成上車投現之後，因應環境轉變而轉變的票亭，那是屬於某一時間切片下的票亭，這是選材的優點。其次，作者細膩地觀察到票亭的生意型態是「因地制宜」的，也就是說，票亭本身可能成為這個都市隨處可見的地景，但在共相之外，票亭還是各具特色（儘管特色未必明顯）。最重要的，正如李秀美所寫：「無人看管的一些黑色小小票亭，周圍等車的路人或許根本不曾察覺它的存在」[65]。偏偏周志文就是察覺到了，發之為文，在一系列堆疊大樓的寫作中，成為一個具有創意的題材[66]。

大略說來，蔡詩萍筆下的地景屬於中產階級或都市新貴，而林耀德的地景時常空洞無人，則周志文此段文字顯示的地景是非常市井階層的。這提醒我們，當作家在書寫都市、甚至批判都市的時候，是否有意識到自己所處的階層與位置，都市固然有許多的高樓大廈，但難道都市沒有屬於市井小民所擁有的地景嗎？這可說是一般都市書寫所忽略不察的面向。當然，還是有些零碎的篇章頗具特色，蔡詩萍的〈過橋心情〉與周志文的〈水鳥〉同樣具有 Lynch 都市意象中「邊緣」的要素：

> 偶爾徒步經過永福橋，總喜歡在標誌著「台北市、縣分界」的牌子旁停足，那是很讓自己有大步跨過兩個世界的突兀感覺。跨過去，越走越近台灣的心臟，強烈敲打數百萬居民作息的城市脈動；回過頭，便逐漸發現慵懶的屬於城市邊緣的氣氛，漸漸沿街鋪陳排開衛星城鎮慣見的市容街景。[67]

---

[65] 李秀美：〈售票亭〉：《瞻前顧後》（台北：市政府新聞處，2001），頁 19。

[66] 與〈票亭〉類似的題材有林文義的〈鬧區六題‧守望亭〉，不過林文義著重在描寫守望亭內的守望員，而不是從地景的角度描寫守望亭本身。加上這隸屬於〈鬧區六題〉的一小節，發揮有限，頗為可惜。林文義：〈鬧區六題〉，《寂靜的航道》（台北：九歌，1985），頁 210。

[67] 蔡詩萍：〈過橋心情〉，《不夜城市手記》，頁 14。

過橋之後，也許是「越來越接近台灣的心臟」，也許是「逐漸慵懶的氣氛」，這顯示了城市的性格由中心慢慢向外擴散，擴散，再擴散，但是卻永遠封存在界限之內，因為再之外就不屬於大家所認知的都市了。

結　語

自明性的意象可以成為都市的特色，那麼作家理應能夠書寫／創造意象協助讀者理解都市。我們不難發現，都市書寫時常帶有批判都市的立場，落實在不同面向的描繪或多或少顯示了作家欲表達的意旨。然而就地方感的建立而言，卻顯得薄弱許多。空間的生活維度，深刻牽動著社會實踐與政治，都市散文在少數作家筆下或許開創了一些零星的空間書寫，卻在營造文本地方感此一面向著墨有限。就這幾位被討論的作家來看，整體而言蔡詩萍的成就較高，他恰當糅合了知性的議題與感性的文字，對於東區的描繪十分貼切仔細。至於林燿德雖然涉及都市議題各個不同的面向，但是過於概念先行，以議題為導向，拋出了許多創意卻缺乏足夠的藝術性支撐[68]。林彧、簡媜與周志文，三人對都市的觀察比較是建立在田園懷想上，即使林彧在八○年代也有了幾篇刻意描寫都市情態的散

[68] 林燿德對於都市文學的提倡與創作使他聲名大噪，但是仔細檢視他所留下的作品，也許並不如許多評論家吹捧的那般無懈可擊。對林燿德散文的整體評述，由於跟本文論述主軸無關，在此無法細論，詳見陳伯軒：〈凝滯的飛翔〉,《別有天地：伯軒的散文部落格》(http://mypaper.pchome.com.tw/allenhsuan)；至於都市詩部分的評述，詳見陳大為：〈台灣都市詩的發展歷程〉，收入陳大為、鍾怡雯主編：《20世紀台灣文學專題 II》(台北：萬卷樓，2006)，頁72-117。

文，但是質量欠佳，反倒不如〈水濱虹影〉、〈請幫我撥個電話〉等描寫故鄉人事的文章。

　　林耀德曾經對都市散文有很高的期許，他認為「單就意象系統而言，現代散文自天然山水、古蹟邊城與田埂稻浪為骨幹的時代，過渡到以火車鐵道為重要象徵的工業社會意象，已經穿越許多年頭；原本被視為醜惡的鋼條，而今車軌被當代作家廣泛接受了（甚至可說是俗濫地援用著），綿長無盡的鐵軌代替了田埂和山路做為人生的記憶的隱喻。到了資訊統御世界的後工業時代，都市的心靈空間勢必逐漸取代鐵軌的地位，也將顯現出更複雜而精緻的意義」[69]。可惜他與鄭明娳界定的狹義都市散文[70]，似乎不如預期來得更複雜和精緻。反而是晚近空間議題被大量關注後，「都市散文」不需再刻意標舉。鍾怡雯表示，「進入九〇年代以後，因為都市化的社會本質使然，好些新生代作家選擇了都市作為書寫的背景或素材，無論是都市人的生存情態、情慾模式、消費心理、空間意識，都有相當的成果。都市變成一個不需要刻意標示的主題／題材，都市散文的旗幟遂側身於其他主題」[71]。

---

[69]　林耀德：〈導言〉，林耀德編《浪跡都市》（台北：業強出版社，1990），序頁 15。

[70]　依照鄭明娳對狹義都市文學的界定，認為此中的「都市」並不是具有具體可見的地點，更不是高樓堆砌組合而成的空間。「都市」其實是社會發展中，因各種不同力量的衝擊，而不停的處於變遷狀態的情境，至於本文論述的則屬於廣義的都市文學。鄭舉出狹義都市文學的幾個特點，諸如「讀不出作者的風格」、「敘述者的歧異」等，在相當程度上模糊了散文與小說或詩的分際。這恐怕也成為狹義都市文學難以為繼的原因之一。見鄭明娳：〈知性與立體的鋪陳──關於「都市散文」〉，《自由青年》82 卷 3 期（1989 年9 月），頁 21-24。

[71]　鍾怡雯、陳大為主編：《天下散文選 I II》（台北：天下文化，2001），序頁II-III。

　　七〇年代張曉風寫下〈我們的城〉,承認「我們生活在這個城裡,事實上要比別的城艱辛些」,但她卻不是無止盡抱怨城市的艱辛,「生活是一種掙扎,但掙扎並非不美」。她不是沒有看到台北邁向都市化過程造成的許多問題,但她仍然歌誦這個城市的明亮與美麗[72]。這除了作家創作的主觀感受外,那時都市化問題不如八〇強大而劇烈,客觀環境也是讓此文在後來八、九〇年代批判都市文明了聲浪中,顯得獨樹一幟的因素。而新世紀之後,對於都市的書寫,展現了更多元的詮釋角度,則是因為作者與讀者都不再滿足於以批判都市文明為出發點的都市書寫。正如鯨向海認為的:「都市文明一直都和鄉土文化對立抗爭著,就在剛剛離去還留有餘溫的那個時代,不論政治、經濟、文學、藝術上都爆發過許多使人們一夜長大或永遠衰老的爭論。而今連最偏僻的鄉鎮都已被便利商店與速食店所包圍,純粹的鄉村幾乎不存在了;都市也不再是邪惡墮落的大怪物,轉眼變身為我們朝夕相處的親人,一種無害的,妥協的『新鄉土』適時出現」[73]。

　　在一片重新認識鄉土的呼喊聲中,各縣市政府紛紛舉辦地方文學獎[74],並推出引介地方史地等出版品。就空間意識而言,地方文學獎如雨後春筍的出現確實存在著某些問題[75]。然而,當都市成為

---

[72] 張曉風:〈我們的城〉,《愁鄉石》(香港:基督教文藝,1971),頁 7-12。

[73] 鯨向海:〈我城・你城・他城〉,《作家的城市地圖》,頁 7。

[74] 以台北文學獎作為研究的課題,可參閱劉中薇著《尋找一座城──市民書寫中的台北形象》(台北:政大廣電碩論,2001)。

[75] 大多是地方文學獎徵稿項目要求非設籍(工作或在學)於該縣市之參賽者,題材必須有關當地風土民情或在地特色。當各個大小縣市大多以此標準徵稿,其實顯現的是一種「區塊鑲嵌」的概念,假定當地必有明顯於其他縣市不同的地方特色。這種鑲嵌的地理觀可能過分強調地方的差異,卻造成我們理解的區域模型顯得僵硬而不切實際。以此論斷,特別是在幅員狹小卻資訊流通快速的台灣西部,這種地方文學是否真能反映出當地特色,是需要存疑的。而這部分的文本反映的就不再單純是都市文學的問題,更多

了某些人的「鄉土」，這與八〇年代許多作家蜂擁而來的「都市觀察」畢竟有很大的不同。當時是台北城現代化正值劇變的年代，許多作家難以接受都市現代化帶來種種的陋習。而今書寫城市，有了更細膩，更具象，更豐富的方式展現，大多數的作家們都是採取了又愛又恨的態度，不再一概抹煞／抹黑都市的價值。《瞻前顧後：台北的絕版、復刻與新生》出版於二〇〇一年，裡面包含了〈公車站牌〉、〈門牌與路牌〉、〈牯嶺街與光華商場〉、〈建成圓環〉與〈華西街〉的描寫，無論是特殊的意象或是明確的街道商場描繪，都是以往不曾戮力開發的題材。至於收入在《戀戀台北》內的〈穿越台北歷史建築〉，便針對了像是博物館、濟南教會、迪化街口的霞海城隍廟等進行描寫[76]，儘管限於篇幅而略顯簡單，但是當批判都市文明的預設不再，這樣的文字又豈是以「現代都市叢林」或是「空屋」、「廢墟」概括的大樓書寫所能媲美的。

　　至於舒國治描述永和巷弄之繁複，大可與林耀德〈幻戲記〉內在巷弄迷路的描寫比較：

> 今日這些細小的巷子街道，像是藏起來不要讓人找到似的；
> 人走進竹林路三九巷，進去後又碰到七五巷，又碰到九一
> 巷，接著又碰博愛街三二巷，這些窄而密，深又灣的巷弄，
> 便是永和昔日的庶民所在空間。至若走到光復街二巷二一、
> 二三、二五、二七、二九號那一排兩層樓排屋，我幾乎要說，
> 這是很「永和的」。[77]

的恐怕需要以「原鄉書寫」的概念討論才能獲得更深入的分析。相關概念可參閱 Philip Crang 著，王志弘譯：〈在地－全球〉，《人文地理概論》，頁 37-39。

[76] 趙茖玲：〈穿越台北歷史建築〉：《戀戀台北》，頁 48-53。

[77] 舒國治：〈無中生有之鎮——永和〉，《作家的城市地圖》，頁 45。

舒國治描寫永和小巷弄的錯綜複雜，利用羅列數字的方式製造暈眩感。相較於林耀德所寫「狹長而曲折的小徑與巷弄，有如鉛灰色的筆跡，沿著有稜角的螺線，在這張帶點神秘的現代畫面上，單調、冰冷而不厭其煩的隔開更小的區域」[78]，舒國治的語言乃是客觀呈現，而林耀德則是主觀批評。林耀德的迷路歸咎都市的混亂，舒國治則是貼近地方，以此找尋屬於地方的特色。

　　都市會是個被書寫過度的題材嗎？當我們了解八〇以後標舉的都市文學作家如何認識都市，再與今時今日的創作相比，或許更能夠掌握創作者翻新出奇的技巧。作為散文創作的題材，都市還有很多可供創作者筆耕的地域，像是次區域的描繪與更豐富的街道書寫，都是值得更多有能力的作家經營開拓的地方。「你的城是傻瓜照相機攝出來的平面的亮麗鏡頭，我的城是一格重一格的交疊複錯的畫面」[79]，新世代自有其認識城市觀察城市的獨到眼光，而漸次老去的創作者眼下的都市，或許正如張曉風所言是一種當下與歷史的疊象，成為更為巧妙的書寫策略。都市不再只是罪惡的淵藪，台北也不再是都市唯一的代言人，作家如何利用文學協助召喚歷史記憶、創造地方感，便成為了有志之士更進一步的挑戰。

---

[78] 林耀德：〈幻戲記〉，《一座城市的身世》，頁34。

[79] 張曉風：〈啊，少年耶，你的台北和我的台北〉，《這杯咖啡的溫度剛好》（台北：九歌，2004二版），頁110。

第二章　原鄉的追尋與認同

前　言

　　八○年代是都市急遽現代化的時期，當時所提倡的「都市文學」，大多是採取批判的態度，而所謂「都市」幾乎等於「台北」。儘管於作家概念化的書寫之下，台北的面貌有點模糊，但是以台北當作都市書寫的模型並且加以撻伐卻是清晰可見的。不過到了廿一世紀初，縱然許多都市問題更顯嚴重，都市卻成為許多人的「新原鄉」，因此對待都市的方式就與純粹批判有很大的差異了。即便是萬惡不赦般的台北，一旦被納入原鄉的概念，作家的藍墨水也不再劍拔弩張，反而譜抒成令人緬懷遙想的樂章。

　　原鄉，在許多人的心中永遠是美麗的。原鄉的人事物在記憶中永續發酵，流露筆端的是一片引人入勝的懷想。在這其中，作家不間斷對原鄉的懷念、追尋與認同。然而，當我們問：「原鄉是什麼」？會赫然發現，「原鄉」這個概念卻比（被簡約化的）「都市」來得更不容易義界[1]。就字面上看，原鄉就是故鄉，根本是個眾人日用而不知其所以的辭彙。問題在於，原鄉的「範圍」應該怎麼畫定？一

---

[1]　邱珮萱的博論《戰後臺灣散文中的原鄉書寫》是目前以散文原鄉書寫為主題較具體明確的研究，饒是如此，此論文仍舊沒有替「原鄉」道出明確的定義。此論文緒論中曾言及，「原鄉」一詞本身的涵容性已廣，「又將其置於文學創作中使用，無異是更增添其自由發揮的魔力，盡其可能地擴大其所指涉的意涵，如此便易產生極具可塑性的作品，充滿隱喻、想像甚而刻意含混模糊的作品，非常值得我們作為探悉釐清的對象。」邱珮萱：《戰後臺灣散文的原鄉書寫》（高雄：高師大博士論文，2003），頁4。

個出生在瑞穗的人，他的原鄉可以是瑞穗、可以是花蓮、也可以是台灣。顯然，原鄉沒有辦法被劃定為單一的空間尺度，正因為原鄉是一個「地方」，「地方」本是一個既簡單又複雜的概念，它存在著某種意義，不僅是客觀空間的一個位置，而且地方的尺度可大可小，一個角落可稱是地方，一個國家也可能是個地方——「原鄉」正符合這種特質。弔詭地說，「原鄉」、「地方」的無可定義正是它們本身最清楚的說明。「原鄉書寫」也不能理解為單純地描寫「故鄉」、描寫某個地點或位置，故鄉意味著作家理想價值的源頭，原鄉書寫則成為生活理念的一種依歸。

原鄉書寫往往造就一幅美麗的烏托邦景象，相對於都市的人工象徵，原鄉書寫不得不借助大量的自然山林圖像作為描繪的藍圖。但是這樣的自然書寫模式對於讀者是否能夠產生不同地誌的辨義作用，念茲在茲的故鄉如何受到回顧而引介在讀者面前？本章分成兩節，第一小節從創作技巧層面討論原鄉書寫的策略與成果，可細分為空間釋名、意象再現以及圖輿化效應；第二小節透視創作背後的文化省思，來看待作家如何展現原鄉特質的轉變與他們的憂慮。

第一節　由追憶覆疊想像

一、空間釋名

對於生長的鄉村的作家而言，原鄉就是一幅田園鄉村的景象。但是大多數的田園描繪不外乎稻田、古厝、花草樹木等相關意象，這些意象是田園亙古以來所共有的，而且普遍，無法提供明確的時

空感。因此，在閱讀許多原鄉書寫的作品時，某些「專有名詞」便產生獨一無二指涉的意義；其中「地名」即是地理位置在散文文本中，相當重要的顯影的方式之一。「命名是一種權力，稱謂某事物使之鮮明可見，可以被辨別。那是賦予地方意義的方式之一」[2]，空間的命名不單純是一種名稱，其中還牽涉到的文化政治等意識形態，同一空間有不同的名稱也可能意味背後價值觀的差異，甚至是一種權力的爭奪更迭。大多數的情況，作者很單純地提到了「冬山河」、「瑞穗」、「可拉丁」……，如果不多加解釋，這些地名只是一種枯燥的地點指稱，沒有太多的意涵可以討論。因此，要知道命名的意涵，必須「釋名」：

> 瑞穗舊稱水尾。為甚麼叫水尾呢？據花蓮宿學苗允豐先生和黃瑞祥先生合撰的地名考，乃是臺灣東部的清水溪，太平溪，馬蘭鈎溪，紅葉溪等大小河流在此匯合，成秀姑巒溪而匆匆入海，因此得名。[3]

引文是楊牧〈瑞穗舊稱水尾〉的開頭，解釋瑞穗稱為水尾的原因。單就這段文字來看，會覺得這個「釋名」的動作雖然完成，卻無深意。但接著讀下去，他交代了水尾改稱瑞穗，乃是因為日語水尾和瑞穗發音近似。如此點出了改稱的原因，也順道交代了日本治理的歷史事實。此段最末又翻一層「其實在此之前，瑞穗稱『可可』，這是阿眉族人給它取的名字，可可是平原遼闊的意思」[4]。從水尾、瑞穗與可可，便可看到漢族、日本，以及阿眉族對這塊土地的命名及其原由。余光中談到四川「悅來場」時，同樣進行了釋名：

---

[2] Tim Cresswell，徐苔玲、王志弘譯：《地方：記憶、想像與認同》（台北：群學，2006），頁 155。

[3] 楊牧：〈瑞穗舊稱水尾〉，《柏克萊精神》（台北：洪範，1977），頁 29。

[4] 楊牧：〈瑞穗舊稱水尾〉，《柏克萊精神》，頁 29。

> 四川那一帶的小鎮叫什麼「場」的很多。附近就有蔡家場、
> 歇馬場、石船場、興隆場等多處；想必都是鎮小人稀，為了
> 生意方便，習於月初月中定期市集，好讓各行各業的匠人、
> 小販從鄉下趕來，把細品雜貨擺攤求售。四川人叫它做「趕
> 場」。悅來場在休市的日子人口是否過千，很成問題。取名
> 「悅來」，該是《論語》「近者悅，遠者來」的意思，滿有學
> 問的。[5]

余光中在此不但介紹了「場」的由來，也試圖詮釋「悅來」二字的
涵義。四川人叫它做「趕場」，這樣藉由當地人民的稱呼，除了可
以使釋名有根有據，若能加以發揮讓文章的語言顯得生動。相對於
楊牧、余光中較客觀的分析，席慕蓉的釋名則充滿了主觀的詮釋：
「察哈爾盟明安旗，一個多麼遙遠的地方！父親說：明安在蒙文的
意思是指一千隻羊，就是說那是一個很富裕的地方，那裏羊多，草
又肥美」[6]。「明安」是「一千隻羊」是客觀的知識，但是「一千隻
羊」等於「富裕」，甚至「羊多」與「草肥美」就不能說是單純客
觀的敘述，語詞中蘊含了作者對於原鄉美好的想像。

　　有些時候，它所強調的名稱也可能是建築物。鍾怡雯在描寫金
寶時，便將金寶的人文風景聚焦在鎮上的消息傳播站：「合興茶室」
——「鎮上有個消息傳播站，那是街場的『合興茶室』。『十個潮州
老，有九個沖茶。』這是爺爺相人多年的結論」[7]。「合興」的命名
或可解讀為華人移居馬來西亞時，面對艱厄與陌生環境時的期許；
茶室既然是金寶鎮的消息傳播站，當中必然承載了當地人民的集體
記憶。

---

[5]　余光中：〈思蜀〉，《青銅一夢》（台北：九歌，2005），頁 37。
[6]　席慕蓉：〈有一首歌〉，《有一首歌》（台北：洪範，1984），頁 67-68。
[7]　鍾怡雯：〈我的神州〉，《河宴》（台北：三民，1995），頁 62。

　　我們也可以從命名中讀出某些政治文化遞嬗的歷史事實，如同鍾怡雯在〈不老城〉介紹怡保時，提到怡保好山好水的特色，人稱「小桂林」。桂林山水甲天下，眾所皆知，怡保若能和桂林媲美，則風景無限，不在話下。但讀到這段文字，引領我們思考的不是摹想桂林或怡保的景致，而是為何怡保的特色需要別的地方作為譬喻，而又為什麼是「桂林」而不是其他地方？想當然，這與馬華移民的原鄉情結或許有關，儘管〈不老城〉通篇不談這個問題，鍾怡雯也只是使用了一個「約定俗成」的名稱，但這背後透露的意識形態，是耐人尋味的。當然，作家也可能是很有意識藉由釋名彰顯某些文化思考，林文義在〈竹圍遠眺〉以及〈沿著景美溪而下〉分別談到：「『竹圍』之名，想是移民所取，從字面揣測，必定又與原住民有絕對關連，在台灣史書上，漢人史家記載『構築竹圍，以阻番人』的文字比比皆是，對兩百年前的漢人移民而言，原住民毋寧是開草莽、墾荒土的『禍害』。」「『木柵』說的，不正就是昔日漢人移民與原住民的契約行為？這木柵為界，漢人、原住民各一邊，推倒木柵的，違約背諾的，往往漢人為先，歷史這樣明明白白的記載」[8]。

　　更複雜更糾結的，是「在那遙遠的地方」──蒙古。前面談到席慕蓉對原鄉美好的「想像」，並非無稽之談，她從小不在蒙古生

8　林文義：〈竹圍遠眺〉、〈沿著景美溪而下〉，《母親的河》（台北：台原出版，1994），頁47、156。林文義的原鄉書寫在眾多作家當中比較特別，因為他出生於台北，對他而言台北就是家鄉。然而台北成為現代化城市之後，又成為作家批評城市的標的。在這種情況下，林文義的原鄉情懷與土地認同會藉有兩種方式呈現：第一，對台北要展現出其土地認同或原鄉情懷，最好的手段是訴諸歷史，唯有將時間倒轉，才能避開現代化的台北所具備的種種弊端。這也是為何《母親的河》所顯現的時間意識大過於空間意識。第二，離開台北，將土地原鄉的認同，擴散到了「台灣」的層次。因為涉及了「離開」台北，這也是林文義許多以原鄉情懷描寫台灣其他鄉鎮的篇章，容易同時具有類似「旅行文學」或「遊記」的成分之緣故。

長，對於故鄉的所知完全依賴父親長輩，那種一往情深，無疑也是一廂情願。但是到了她實際踏足蒙古高原，並且產生文化自省之後，她漸漸發現了許多蒙古在近代政治史下無可奈何的一面，顯示在空間命名上，就產生「改名」的問題：

> 就拿我的籍貫——「察哈爾盟明安旗」這七個字來說吧，就是不斷更改之下的產品。這個名字只有十幾二十年的壽命。在這之前，明安旗有過一陣子叫做鑲黃旗，更早在清朝的時候又是別的名字。據說，察哈爾盟這一帶民風強悍，清朝初年就是因為抗拒管轄而被削了封號。到了今天，又被稱作是錫林郭勒盟正鑲白旗了[9]。

儘管席慕蓉在此沒有為繁複的名稱一一解釋，但是當我們從「察哈爾盟明安旗」讀到「錫林郭勒盟正鑲白旗」，一樣能夠感受這塊土地政治文化變動之劇烈，而這也正是作者所以必須提到這件事情的原因。改名的問題不僅止於在那遙遠的地方，楊牧撰寫〈他們的世界〉談到大戰結束，日軍撤退沒多久，國民政府進入台灣，家鄉附近的村落也紛紛改名：

> 不但那些具有顯著東洋意味的名字被取消，連有些從土語音譯過來的也換了，所以由南向北才有大禹，三民，光復，大同，志學，宜昌，崇德，和平之類富教誨功用的村名；否則就是詩意盎然的舞鶴，紅葉，鳳鳴，月眉，稻香，嘉禾。而那靠近大山的吉野村也改名為吉安。這些轉變進行得很快。[10]

---

[9] 席慕蓉：〈我手中有筆〉，《我的家在高原上》（台北：圓神，2004 二版），頁 27。

[10] 楊牧：〈他們的世界〉，《山風海雨》（台北：洪範，1987），頁 66。

空間命名本身充滿了不同權力的角逐，大禹、三民、光復、大同、志學、宜昌、崇德、和平等一系列的名稱，根本不需要經過「釋名」，就是眾所皆知的辭彙。這種改名的行為或許能夠被當權者美其名為「正名」，實際上卻是罔顧人民的「在地情感」：「不知道原住民朋友如何想？一如我站在『復興鄉』那座可以眺看溪口吊橋的涼亭，紅漆圓柱，綠琉璃瓦，橫匾金字，是要告訴原住民，漢人如何來『教化』他們的『恩德』嗎？」[11]楊牧也感嘆：「在我成長的日子裏，偶然當我聽到荳蘭，吉野，加禮宛，竟會覺得好像回到很遙遠很古老的世界，雖然那世界的喜怒哀樂不見得是我能把握的，但有時候還勾起一種鄉愁式的情緒」[12]。

　　空間的名字一旦約定俗成便能夠成為一種溝通的管道，特定地方的特定稱呼，更能夠藉此顯現在地情誼。師瓊瑜談到父親的故鄉雲南時，曾表示「高原上生活的人，因為距海遙遠，許多人一輩子沒見過海，對於大海的想像就是那些散落在高原上的湖泊，因此就將湖泊都喚作海」[13]。在外人眼中的湖，是他們心目中的海。使用的名稱不同，代表了不同的理解與想像。〈花蓮白燈塔〉在楊牧筆下則是頗具有指標意義的地景，當時在地人沒有不知道當地的兩座燈塔。因為有著一紅一白的燈塔，在地人必定不會稱呼港口白燈塔為「燈塔」，以免混淆：

> 外來的人不明就裏，只管它說是「燈塔」，而且有些觀光小
> 冊子也這樣以訛傳訛，令人痛惜。其實，在花蓮，如果你說：

---

[11] 林文義：〈玻璃森林〉，《旅行的雲》（台北：聯合文學，1996），頁 70。

[12] 楊牧：〈他們的世界〉，《山風海雨》，頁 66。

[13] 師瓊瑜：〈蒼山雪・洱海月〉，《寂靜之聲》（台北：聯合文學，2005），頁 39-40。

> 「花蓮中學外就是燈塔」，當地人即刻可以斷定你是外來的
> 客人，對風土人情缺乏認識，有點可笑。[14]

「白燈塔」雖然不是一個特別的名詞，卻成為鑑別本地人與外人的一種稱呼。楊牧直稱這些對風土人情缺乏認識的人「有點可笑」，亦可見其對原鄉的熱愛，不將故鄉屈從於外人以訛傳訛的誤解。

有時誤解，是故意的。張曉風〈愁鄉石〉描述去日本旅遊，面對汪洋肆恣的海洋卻悲從中來，原因只是因為這片海有著與故鄉同樣的名字：「他們叫這一片海為中國海，世上再沒有另一個海有這樣美麗沉鬱的名字了。小時候曾經多麼神往於愛琴海，多麼迷醉於想像中那抹燦爛的晚霞，而現在，在這個無奈的多風的下午，我只剩下一個愛情，愛我自己國家的名字，愛這個藍得近乎哀愁的中國海」[15]。這海之所以藍得哀愁，不在於其本身色澤如何，而是因為其挾帶了一個鄉愁式的名字，在異國行旅間碰遇一片洶湧的舊名。甚至，名字也不是關鍵，關鍵在於畢竟勾起作家遠隔重洋依舊難以或忘的相思。一片「中國海」，對於她而言代表的家鄉，是國家，是民族，是文化。「中國海」不過是借題發揮的媒介，真正的鄉愁無可抵擋。

滋養生命記憶的原鄉，豈能輕易拋卻。不但難以割捨，命名背後代表的意涵反而更是作家切心關注的議題，一旦約定俗成，命名背後挾帶的意識形態就容易根深柢固，要再進行改變就得有更大的力量介入。席慕蓉自述在報紙上接了一個專欄，原本要介紹蒙古的一些文化器物，在為專欄命名時，報社取消了她原先設定的名稱而

---

[14] 楊牧：〈花蓮白燈塔〉，《搜索者》（台北：洪範，1982），頁 152。
[15] 張曉風：〈愁鄉石〉，《愁鄉石》（香港：基督教文藝，1986 六版），頁 32。

取了「大漠與中原」。乍看之下，這是個簡潔有力又「名副其實」
的稱呼，然而事實上是如此嗎？

> 是的，當我使用漢文書寫的時候，在這個悠久的文化傳統
> 裏，有些概念其實已經固定而無法改變。無論「大漠」是不
> 是真的只有大漠，也無論「中原」是不是真的地處中原，反
> 正在今天，當我們用漢文一寫出這兩個名詞的時候，全世界
> 就有四分之一的人口，都會明白它們代表的是那兩處地方、
> 那兩個民族，以及，那兩種不同的文化。[16]

「習慣」的力量無比巨大，當名稱使用習以為常，要再改變／導正
又是談何容易？回到創作層面來談，給予描寫的地方一個名稱，是
讓書寫對象立體的第一個步驟。面對這個名稱，詮釋它，傳誦或是
批判，甚至面對不同名稱的改變，都可以是創作者藉此切入的角
度，讓他們念茲在茲的原鄉，活跳跳地展現在讀者眼前。

二、意象再現

　　引介故鄉，除了利用空間釋名傳達在地情感之外，也不得不擷
取具有代表性的意象。如果成功塑造出具有代表性的意象，便能夠
輕易展現出原鄉的地方特質。不過，所謂「具有代表性」的意象，
究竟是本然如此，抑或是被作者的個人思緒化約形塑出來的呢？從
這角度觀察，我們發現簡媜與楊牧所描寫的原鄉，並沒有足夠鮮明
的意象構成地方特質。自其不同處而言之，簡媜創作的是傳統田園
書寫，缺乏明確地方特質，楊牧散文裡的獨特地理景致稍多，尤其

---

[16] 席慕蓉：〈赫特・渥特格〉，《諾恩吉雅——我的蒙古文化筆記》（台北：正
中，2003），頁81。

是海洋與河川的意象。在某些段落中，河流並非單調的流水，它往往成為指稱位置的座標：「忽然父母親說我們要離開這個地方，搬到玉里西邊的山裏去，也就是秀姑巒溪進入縱谷後忽然轉折北流的那個地方」[17]，楊牧的生命歷程非常貼近河流，在記憶書寫中有相輔相成的作用。可惜零星的片斷對於地方特質的產生仍舊不夠，反而是在上段引文出處的同篇文章〈接近秀姑巒〉，楊牧敘述因為日軍轟炸花蓮，於是全家決定暫時遷移到山區避難時，描寫了一路走來的景色：

> 火車離開花蓮進入縱谷地帶，水田逐漸被旱田取代。鐵路附近的小村落表面上都很相像，無數的檳榔樹便圍成一個家園，綠竹和麵包樹參差期間，簡單的蓋著鐵皮或稻草的農舍，屋旁有牛棚豬圈和雞窩之類的附屬物，有些房子外還看得出幫浦抽水機，有些在院子裏帶有一口加了蓋的井。[18]

水田被旱田逐漸取代，意味著從漢民族的地區漸次進入原住民的生活範圍。但也只有這麼點訊息而已，很遺憾的是，小村落表面上都很相像，根本缺乏不同的特質足以辨異。這固然是楊牧在火車上一路看到的景象，又何嘗不能理解成簡媜與楊牧原鄉書寫的狀況——「表面上都很相像」？

　　或許是缺乏距離感的緣故，導致在創作時缺乏足以展示在讀者面前的明確意象；相對地，風吹草低見牛羊的蒼茫草原，或是林相繁複的熱帶雨林，都在某種程度上被化約成代表蒙古與馬來西亞的意象。然而無論是面對草原或是雨林，我們都不只是在閱讀而已，文本風景的背後，還有許多值得仔細探究的涵義。

---

[17]　楊牧：〈接近秀姑巒〉，《山風海雨》，頁 41。
[18]　楊牧：〈接近秀姑巒〉，《山風海雨》，頁 31。

　　企圖在創作文本中再現原鄉，首先必須消除讀者的誤解與想像，並且把真實的一面呈現出來。鍾怡雯的《河宴》直接向原鄉汲取書寫的題材，除了建構一種「曲徑人家」的烏托邦想像外[19]，還是不得不借用「雨林」來增強地方特質，就鍾怡雯的寫作看來，這些山林植物頂多是敘事抒情的「背景」，而非創作的主題，但是想要顯現馬來西亞的在地特色，就不得不藉由較為具體的客觀景物作為素材。文中屢屢出現了許多植物，像是「鳳凰木」、「油棕」、「馬櫻丹」、「非洲鳳仙」、「椰子」與各式蕨類等，這些植物在散文中的出沒，能夠有效凝聚文本所營造出的空間，使得讀者確實感受到隱隱約約的「雨林想像」：

> 然而此刻的紅泥路上，陽光鐵甲金戈大步邁過來，亮麗的流質灑了一地，如一片華美的生命，洋洋鋪了開去。大撮大撮金線自油棕葉隙爆落。寄生在油棕樹幹的鳥窩蕨、鹿角蕨居高臨下先得朝陽的眷顧，而後方輪到繁茂的羊齒植物以及林間雜生的野苦瓜藤以及蔓生植物。[20]

這樣的描述所在多有，其中有許多訊息值得讀者細細斟酌。首先，作為客觀的敘寫，如何以複雜多樣的植物有效地進行畫面的構圖，確實考驗了作者的功力。這段一百餘字的描述其實只是「陽光照在紅泥路上」的意思，而她恰當地使用擬喻，使文字繁而不瑣，拓展了文本空間用以儲放叢生的植物。

　　鍾怡雯在編選《九十四年散文選》時，藉黃錦樹〈流淚的樹〉提到：「這篇散文對台灣讀者的另一層啟示是：橡膠林、油棕林和

---

[19] 關於鍾怡雯原鄉書寫「曲徑人家」的美麗圖像請參見陳伯軒：〈別有天地——論鍾怡雯散文原鄉風景的構成與演出〉，《中國現代文學》第 9 期（2006年 6 月），頁 184-186。

[20] 鍾怡雯：〈晨想〉，《河宴》，頁 141。

雨林是不一樣的，前兩者是開發雨林之後重整的經濟作物」[21]。但是對非馬來西亞讀者而言，「雨林」大概是他們對馬華文學最粗淺而直接的印象。「雨林，或熱帶雨林，是一種簡便／簡單的方式，用以突顯馬華文學的特徵，也彰顯讀者對馬華文學的想像和慾望」[22]。一般讀者只能對馬來西亞和雨林做出粗淺的聯想，又哪裡能夠分得清出是橡膠，是油棕，還是雨林？換言之，鍾怡雯在書寫雨林背景時，就算不一一強調不同林相之間的差異，仍舊能夠滿足讀者對馬來西亞的想像。不過，非常弔詭地，太過於客觀的地誌，又常常沒有辦法引起閱讀的共鳴。如果拼湊《河宴》中關於雨林背景的描寫片段，我們會發現這樣名稱紛雜的植物反而可能成為一種閱讀的障礙。

換言之，作者所面臨的挑戰在——過於簡單的描述會缺乏地方感，繁複刻劃又可能（使讀者）產生閱讀障礙。地方不能只是一個客觀的地景，而必須有作者主觀情感的涉入與互動，並且搭配恰到好處的「地方素材」。

王鼎鈞筆下的高粱就顯得具體卻不繁複了。高粱是大陸北方的主要作物，並不侷限於王鼎鈞的故鄉山東。但是他卻能夠簡單而具體地藉由描寫高粱，引出自家生活型態的描寫：

> 高粱的根很深、很深，離地兩寸的稈上生出鬚根，緊緊抓住大地。砍倒高粱好比殺樹，樹根難挖，得等它乾枯了、有些腐爛了。出土的高粱根如一座小小寶塔，土名「秫秫疙瘩」，火力很強，燃燒的時間長。這樣的好東西，物主是不會放棄

---

[21] 鍾怡雯：〈散文浮世繪〉，收入《九十四年散文選》（台北：九歌出版社，2006），頁19。

[22] 鍾怡雯：〈憂鬱的浮雕——論當代馬華散文的雨林書寫〉，《無盡的追尋：當代散文的詮釋與批評》（台北：聯合文學，2004），頁175。

的，我們拾柴的人嚥著唾沫看他們一擔一擔把秫秫疙瘩挑走，眼巴巴希望從他們的擔子上掉下幾個來。[23]

無論是從「秫秫疙瘩」的土名，或是就「火力很強」的實用性，抑或「眼巴巴希望從他們的擔子上掉下幾個來」的期待，王鼎鈞筆下的高粱並非死板的背景刻畫。高粱的根扎得頂深，是否無可避免地成為安土重遷的具體象徵，不可得知。閒來無事尚且能話太平，偏偏王鼎鈞生長在戰亂流離的時代，高粱的作用也不再純碎是作物而已：

> 那年高粱正抽穗，我開始了久已躍躍欲試的抗戰經歷。高粱比任何軒昂的大漢還要高，汪洋遍野，裏面藏得下千軍萬馬。……。平時想起來，三九支隊就在眼前，一旦要找他，誰知道竟十分艱難，東奔西走，你看見的只是高粱，森嚴羅列的高粱，不透風不透光的高粱，夾壁牆似的高粱，迷宮一般的高粱。高粱圍困我，封鎖我，我屈身在千重青萬重綠解不開掙不脫的包裹裡，跟世界隔絕。[24]

如此特殊而生動的描述。沒有眼見過高粱田的人寫不出來，見過高粱田的人也未必能如此描述。因為，作家讓我們知道，高粱不再只是高粱，那是一片層層、密密、重重、疊疊的青紗帳，游擊隊利用高粱田的形勢，練就一身隱遁的功夫。無論是抗日、剿匪、以及不同軍隊互相角力，這千重青萬重綠解不開掙不脫的包裹，是他們一較高下的殺戮戰場。高粱除了可以是刻畫故鄉而顯現的意象，更在當時戰亂的時節，肩負了特殊功用。可以說，在作家的筆耕下，高粱田豐饒的意義滋潤了讀者的文化認知。

---

[23] 王鼎鈞：〈田園喧嘩〉，《昨天的雲》（台北：吳氏總經銷，1992），頁 226-227。
[24] 王鼎鈞：〈青紗帳〉，《碎琉璃》（台北：爾雅，1984），頁 89。

　　王鼎鈞選擇高粱作為表現原鄉的意象，其成功之處不在於意象的選擇，而是在於他活化眾人平板的印象。北方不會只有高粱，如同鍾怡雯提醒的我們馬來西亞不只有雨林，席慕蓉也告訴我們戈壁不是只有沙漠：

> 親愛的朋友，雖然一般人都把戈壁定位為沙漠和無人居住的荒原，但事實上並非全然如此。戈壁是有沙漠，但是也同時擁有高山、森林、綠野和湧泉。最重要的認識是──戈壁也有城市，也有居民。原來戈壁並無疆界，都屬於蒙古民族，如今中間橫亙著一道國界，北邊仍是蒙古，南邊併入中國的版圖。[25]

這段文字，卻非早期的席慕蓉能夠寫得出來的。畢竟不同於鍾怡雯生長在馬來西亞，席慕蓉對於蒙古高原很長一段時間都仰賴父母長輩的回憶。就血緣而言，蒙古是席慕蓉的原鄉，但在她尚未真正「踏足」蒙古，尚未以更具體的方式貼近蒙古、認識蒙古前，她對自己的原鄉時時充滿著一廂情願的想像。〈飄蓬〉從題目看來，寫的就是一種無根的失落，但特別在於文中提到作者拿著牧羊女的照片指問母親，如果沒有離開老家，那她是個牧羊女的模樣？孰料母親反駁說：如果我們現在是在老家，也輪不到你去牧羊的。這回答有如當頭棒喝，重擊在作者的心頭，她顯然忽略了父母親顯赫高貴的家世，豈能讓女兒成為牧羊人。結論是席慕蓉對於蒙古家鄉的認識，完完全全基於一般常人的想像。因此談到蒙古，自然想到草原，但是那種草原是如此呆版的描繪：「我們的祖先們發現這一塊地方的時候，大概正是春初，草已經開始綠了，一大片一大片地向四圍蔓延著。……。春去秋來，他們的孩子越來越強壯，他們的婦女越來

---

[25]　席慕蓉：〈黃羊玫瑰飛魚〉，《黃羊玫瑰飛魚》（台北：爾雅，1996），頁 268。

越姣好。而馬匹馳騁在大草原上，山崗上的羊群像雪堆、像海浪」[26]。如果我們認為鍾怡雯無心描寫的雨林可以滿足讀者對馬來西亞的想像，那麼席慕蓉這種草原風光，未嘗不能代表蒙古的景色。但是當席慕蓉真真實實踏足蒙古高原，她的草原才是更豐美更遼闊的：

> 眼前的這片草原，和我剛才走過來的那片草原都長得一樣，都是一片無邊無際的綠意。丘陵緩緩起伏，土地上線條的變化宛如童話中不可思議的幻境，從近到遠，從大到小，一直延伸到極遠處的地平線上。[27]

這段文字讀起來並無特殊之處，但這片草原不再只能用「遼闊」或「一望無際」等空洞的詞彙來描述了，這段引文必須和〈源〉合讀。〈源〉寫作者與朋友哈斯尋找希喇穆倫河，由於草原實在太大，每座山又極為相似，因此在夐遠的草原上找尋一整天都不見河谷的入口。直到在草原上遇到一位騎馬而來的年輕少年，得知困難，「這個年輕人把手臂舉起來向右前方微微一舉，河谷的入口就赫然出現在眼前」[28]。席慕蓉四顧茫然與少年微微一舉的從容姿態，兩相對照，讀者可以清楚了解「草原」、「遼闊的草原」、「看似一樣的草原」都不是席慕蓉作為描寫原鄉最好的切入點，而是在於當她費盡辛苦踏上蒙古之後，卻不得思考自己對這塊土地的陌生，才帶出更豐富的文化自省。

　　不似席慕蓉的原鄉追尋這般有著強烈的衝突與辯證，師瓊瑜寫下〈尋找香格里拉〉描述回雲南老家，在飛機上所看到的景象：

---

[26]　席慕蓉：〈舊日的故事〉，《成長的痕跡》（台北：爾雅，1982），頁 32。
[27]　席慕蓉：〈今夕何夕〉，《我的家在高原上》，頁 64。
[28]　席慕蓉：〈源——寫給哈斯〉，《我的家在高原上》，頁 159。

「……被美國人造衛星從高空拍攝下來誤以為是飛彈的青稞架醒目地排排矗立在草原上，偌大民宅的庭院邊，偶爾有幾隻低頭吃草的馬或駱馬……」[29]。雲南高原的作物不是稻米也不是高粱，而是青稞。青稞與駱馬都是具有指示性的意象。但是師瓊瑜並沒有多加發揮作為描寫故鄉的素材，反而是那「被美國人造衛星從高空拍攝下來誤以為是飛彈的青稞架」輕描淡寫地道出文化的誤視。以泛民族文化的立場，漢族都可能誤視藏族，甚至早年的席慕蓉都不可避免誤解蒙古族的文化，何況是美國人造衛星下的青稞架？

當然，師瓊瑜一筆帶過，並沒有多加著墨。這樣輕描淡寫的方式，不同於席慕蓉或鍾怡雯描寫原鄉生活型態的關懷，甚至是緊張。究其實，因為所謂的「雲南老家」，其實是父親的故鄉。用一種旁觀的姿態，似乎顯更為冷靜。對那塊土地的陌生，好比鍾怡雯用〈可能的地圖〉追尋祖父的原鄉一樣。此文敘述祖父請託作者進行一場故鄉的追尋，對於作者而言，一路上所有的異鄉都可能是祖父的故鄉。跨越了時空，祖父的記憶繪成一張可能的地圖，當中會產生景物已非的情況嗎？作者要面對的不單單是歲月的搓洗，此外還有在追尋過程中，自身對於異域的陌生感：「事情的荒謬性逐漸顯露。叢林、水井、自用菜地、野狗、赤腳小孩是每個偏僻地區的共同景觀」[30]。這次，對於作者來說，不斷重複的景象已缺乏辨異作用。她成為這個陌生領域的讀者，試圖讀出這些地景背後的意涵。一趟尋根之旅，作者成為過境的旅者，也許看到了些地景，卻毫無能力涉入其中，無法成為「地方」，更遑論會產生「地方感」了。缺乏地方感，眼前所有的風景都缺乏了意義，只能憑藉祖父斷續的回憶一一索求：

---

[29] 師瓊瑜：〈尋找香格里拉〉，《寂靜之聲》，頁28。
[30] 鍾怡雯：〈可能的地圖〉，《垂釣睡眠》（台北：九歌，2006增訂初版），頁157。

> 我走到一家晾滿衣服的院子前。……。屋後一口廢井引起我的好奇。祖父的記憶反反覆覆出現一口意象紛繁、角色多歧的井水。井水和那時代的生活剪影糾結。洗衣洗菜、淘米燒水，大年節難得殺雞宰鴨的回憶，都與井水有關。[31]

可惜的是這口井也隨著家公的作古，成為一口永無對證的疑惑。一口古井／廢井能夠湧現多少故事？漸漸地我們發現，〈可能的地圖〉通篇所敘述的是作者閱讀祖父的原鄉，而當中的種種情懷，正如我們閱讀這些作家的原鄉一般。被閱讀的人描繪了一張可能的風景之後，閱讀者才正要開始費盡心思探究其中的地方感與文化意義。文本風景對應現實世界的座標，一如文末所言：「它可能存在，也許已經消失」[32]。不僅道出現實時空的物換星移，「可能的」這三字似乎也暗示著藉由記憶重構原鄉，可能產生的失誤或刻意化約與虛構。

三、圖輿化效應

　　無論是空間釋名或意象再現，作者描述原鄉，除了主體認知的重新確認外，更多的還是向讀者「引介」那塊土地。這一片原鄉書寫，當中有特殊一塊，或者說特殊的一種手法。那是和空間釋名及意象再現不同的，特別存在戰亂流離的那個世代，對所謂的「故鄉」產生一種「圖輿化效應」。圖輿化的情況，在都市書寫（特別是區域描繪）時，也會產生。不同在於，都市地圖顯現的常常是作者高踞旁觀的眼神；原鄉的圖輿化卻往往是夢魂不到之餘，對故鄉深情卻無奈的凝視。憑一張地圖，作家不斷回顧難以休止的顛沛歲月。眾多原鄉書寫中，這類的手法，主要顯現在對中國原鄉的追憶：

---

[31] 鍾怡雯：〈可能的地圖〉，《垂釣睡眠》，頁 164-165。
[32] 鍾怡雯：〈可能的地圖〉，《垂釣睡眠》，頁 167。

> 從地圖上看，山東像一匹駱駝從極西來到極東，卸下被上的
> 太行山，伸長了脖子，痛飲渤海裏的水。然後，他就永遠停
> 在那裡。[33]

山東像一匹駱駝，在王鼎鈞的心中。我們儘管不確定是否能附會駱駝具有任重道遠的象徵，但可以確認的是，作家必定是個對地圖抱有深情的人，才能在三番兩次的檢視中，看出故鄉的形狀：「告訴你，地圖這件東西要多神秘就有多神秘，它可以把你的故鄉你的國家排在平面上，縮進你的口袋裏，讓你帶著千里萬里奔走，再大的城市也不過是一個黑點，一個像蝨子一樣的圓點就淹沒幾十萬人，遮住多少高樓大廈」[34]。王鼎鈞的故鄉在山東蘭陵，在地圖上，一個小點就能夠代表蘭陵的一切，蘭陵的村莊、屋舍、老人、小孩。比指頭還小的一點，既然濃縮了家鄉的全部。作者面對地圖，彷彿漂浮在空中瞻仰過去的中國，如果蘭陵只是一個蝨點，山東不過是一匹痛飲渤海的駱駝。相形之下，所謂的中國，應該是無比遼闊的。只是在此案定的「無比遼闊」，就作家看來該是如何空洞的語言，很遼闊，非常遼闊，無比遼闊……，再誇張的形容都顯得抽象，那不只是因為中國能夠簡簡單單被摺疊在地圖裡，更是因為沒有實際走過，就沒有認知「大」的能力[35]。

在中國的土地上，他們的腳印一個覆疊著一個，一雙踏踩著一雙，就這樣踏遍大半山河，小小年紀，他們橫越的疆域，比過去成千上萬人綿長的一生所走過的都來得寬廣。無奈，這行道天涯的遷

---

[33] 王鼎鈞：〈吾鄉〉，《昨天的雲》，頁 12。

[34] 王鼎鈞：〈告訴你〉，《情人眼》（台北：吳氏總經銷 1992 增訂版），頁 17。

[35] 「中國是非常非常的大。這一代年輕人雖然也這麼說，可是並不十分清楚中國究竟大到什麼程度。沒有參加抗戰期間的大遷徙，沒有一步一步去丈量祖國的山河，沒有一萬九千里路上灑汗灑淚，你永遠不知道『大』字是什麼意義」。王鼎鈞：〈種子〉，《情人眼》，頁 104。

徙，不是旅行，不是什麼優雅的浪蕩，而是為戰神其凜然的兀鷹與
獵狗所驅策下不得不有的輾轉：「戰史記載：一九三八年，日軍磯
谷師團沿津浦路南下，破臨城、棗莊，東指嶧縣、向城、愛曲，志
在臨沂。同時，板垣師由膠州灣登陸，向西推進，與磯古師團相呼
應。這是台兒莊會戰的一部分。日軍為了徐州，必須攻台兒莊，為
了佔領台兒莊，必須攻臨沂」[36]。乍看之下，王鼎鈞引用了「戰史」
內容，並非描寫他少年蜿蜒的路徑，可這戰火延燒的情勢，正是當
時許多人或迎擊、或閃避的指南。戰神指路，指的是抗戰的路，也
是逃亡的路；是守護家園的路，也是背離家園的路。恰如余光中
所言：

> 其後幾個月，一直和佔領軍捉迷藏，回溯來時的路，向上海，
> 記不清楚走過多少阡陌，越過多少公路，只記得大湖裡沉過
> 船，在蘇州發高燒，劫後和橋的街上，踩滿地的瓦礫，屍體，
> 和死寂得狗都不叫的月光。[37]

從上海到太湖，從太湖到蘇州，三兩句打發掉的地點，不再需要任
何釋名：「有些不知名字的地方，有些忘了名字的地方，對我有特
別的意義。地名可以忘記，地方不會忘記；地方可以忘記，事件不
會忘記」[38]，畢竟當戰火在記憶裡燃燒，而那據以回望的地圖，上
頭一點一點的不是終點，而是驛站。

　　「記不清楚走過多少阡陌，越過多少公路」是經歷那時代那場
景的作家所擁有的集體記憶，王鼎鈞寫下〈地圖〉，可說是對那時
代最真實又最沉重的記載。他請人設計一幅中國地圖給即將結婚的

---

[36] 王鼎鈞：〈戰神指路（一）〉，《昨天的雲》，頁127。
[37] 余光中：〈下游的一日〉，《焚鶴人》（台北：純文學，1973三版），頁6。
[38] 王鼎鈞：〈失名〉，《左心房漩渦》（台北：爾雅，1988），頁34。

友人，請夫婦倆先在草圖上將生平經歷畫出來。當朋友一一圈出平生經歷的地方，望著那曲曲折折扭過來轉過去的線——

> 我從他手裡把地圖取回來，發覺他所畫的線條，粗細不均。從家鄉開始出發時，線條細弱，像滑行一般不費力氣，象徵一段只見幻景不見現實的旅行。後來，線條畫得很粗，有時像肌肉隆起的臂，有時像老樹的枝枒，有時像逆流而上的纜。這裡面似乎有憤怒的不同意，有勉強吞嚥的悲辛，也有滔滔奔流的豪氣。[39]

這何嘗不是王鼎鈞的心聲，這何嘗不是那時代的心聲。當墨水在地圖上漫開，當那顫抖而不勻的墨水在地圖勾出一條迴旋反覆卻不曾斷絕的痕跡，劇本在他們的眼前重演：「看哪，她舉起鉛筆，默默不語。看哪，綠線由松花江岸開始，她默默不語。看哪，她畫過黃河，畫過淮河，畫到長江，默默不語。鉛筆採取和江水相反的方向，到了上游，畫了一個多角形，又採和江水相同的方向，到了海岸。看哪，鉛筆停住了。有雨點打在草葉上的聲音，有重感冒時通鼻孔的聲音」[40]。寫的雖是嫂子描繪的路線，但這種文字正是王鼎鈞不時懷想中國時，所具有的特色。從心底的地圖，寫下流徙的地點，不一定需要長篇大論，反而是讀者的指間翻轉扉頁，在眼光於行間跳動之際，尺寸千里，已不知不覺走過作家懸在筆端顫顫巍巍的贏索，彳亍流連，步步驚心。

同樣寫〈地圖〉，余光中目光逡巡的固然有同於王鼎鈞戰亂遷徙的記憶：「他帶去的是一幅舊大陸的地圖，中學時代，抗戰期間，他用來讀本國地理的一張破地圖。就是那張破地圖，曾經伴他自重

---

[39] 王鼎鈞：〈地圖〉，《情人眼》，頁218。
[40] 王鼎鈞：〈地圖〉，《情人眼》，頁219。

慶回到南京，自南京而上海而廈門而香港而終於到那個島嶼」[41]。
同時也強調涵藏地圖之內的歷史感：

> 一張破地圖，一個破家園，自嘲地，他想。密歇根的雪夜，
> 蓋提斯堡的花季，他常常展示那張殘缺的地圖，像凝視亡母
> 的舊照片。那些記憶深長的地名。長安啊。洛陽啊。赤壁啊。
> 台兒莊啊。漢口和漢陽。楚和湘。往往，他的眸光逡巡在巴
> 蜀，在嘉陵江上，在那裏，他從一個童軍變成一個高二的
> 學生。[42]

「密歇根的雪夜」、「蓋提斯堡的花季」透露無論時空的遷徙，中國
仍舊是不可或時忘記的原鄉。長安洛陽，赤壁與台兒莊，漢口漢陽，
還有楚和湘，巧妙的韻腳將這些發思古之幽情的地點鋪排開來（這
其中，台兒莊是唯一容易連想到近代中國的地名）。甚至談到故鄉，
不說四川而言巴蜀，足見余光中所緬懷的中國，帶有濃厚的古典氣
息。大概他認識到了，恰如「亡母」的舊照，那張「殘缺」的地圖，
當下現實的中國所有的只是一連串的災厄與困咎。

　　無法改變，現實是種種困難是作家無力改變的。所以，他們把
中國握在掌心、攤在桌上，他們把中國摺摺疊疊，把中國掛在牆上，
都只為了細細端詳。端詳那仍然像是駱駝的山東，仍像是青蛙的湖
北，或者端詳這一片蠶食過後、不再是秋海棠的中國：「第一個拿
秋海棠的葉子作比喻的是誰？他是不是貧血、胃酸過多而且嚴重失
眠？他使用的意象為什麼這麼纖弱？我從小就覺得這個比喻不吉
利」[43]。不回顧那段輾轉天涯的年月，地圖仍然是作家念茲在茲的

---

[41]　余光中：〈地圖〉，《望鄉的牧神》（台北：純文學，1969），頁 65。
[42]　余光中：〈地圖〉，《望鄉的牧神》，頁 65-66。
[43]　王鼎鈞：〈中國掛在我牆上〉，《左心房漩渦》，頁 115。

故鄉的投影，即便是自家的花圃，都有意規劃成中國的行省，「鋪滿我想像中的三個遙遠遼闊的省份」[44]。

遙遠，屬於時間，也屬於空間。時間一去不復返，而空間又如何能夠縮短？唯有地圖，上天的縮地術，讓余光中思蜀時，還巴不得從地圖探尋那小小的「悅來場」：

> 在大型的中國地圖冊裡，你不會找到「悅來場」這地方。……。
> 這當然不足為怪：悅來場本是四川省江北縣的一個芥末小鎮，若是這一號的村鎮全上了地圖，那豈非芝麻多於燒餅，怎麼容納得下？[45]

習慣在地圖內搜尋故鄉，搜尋四川，搜尋江北，搜尋小小的悅來場。直到有一天在美國麥克奈利版的《最新國際地圖冊》成渝地區那一頁，竟然找到了悅來場，直說是喜出望外，「似乎漂泊了半個世紀，忽然找到了定點可以落錨」[46]。

屬於他們那一代的記憶，就如此遊走在一路行來的名川大峻、都城鄉邑，遊走在許多知名與更多不知名的地點時，那些不堪回首的路線，在讀者的眼底投射出一幅又一幅的地圖。然而，除此之外，地圖本身也是這些作家不斷觀望、思索、甚而書寫的題材。作為一種再現，地圖無疑充滿了更籠統、更化約、更模糊的欺瞞：「地圖是一種縮地術，也是一種障眼法。城市怎能是一個黑點，河流怎能是一根髮絲，湖泊怎會是淡淡的蛀痕，山嶽怎會是深色的水漬。太

---

[44] 「去年，我把小院規劃成山東、江蘇、安徽三省的形狀全種上金錢菊，分三種不同的顏色，爛漫了六個多月。今年換了疆土，我統治雲南、貴州和廣西，殘雪未融，去年深秋埋下的鬱金香的球根就吐出葉子來」。王鼎鈞：〈園藝〉，《左心房漩渦》，頁 177-178。

[45] 余光中：〈思蜀〉，《青銅一夢》，頁 33。

[46] 余光中：〈思蜀〉，《青銅一夢》，頁 34。

多的遮掩，太多的欺瞞」[47]。就算是種欺瞞，就算無法撥開層層疊疊錯位的記憶，他們還是不得不瞻仰地圖，因為「走進地圖，便不再是地圖，而是山嶽與河流，原野與城市。走出那河山，便僅僅留下了一張地圖」[48]。就這樣摩挲山嶽河海，憑一張地圖，為故鄉描容。

第二節　文化的衝擊與認同

常說，變，是唯一不變的道理。善寫作者，可以用文字將記憶停格，但是除非對於故鄉不再觀望，否則又怎麼能夠規避故鄉不斷經歷改變的事實？表面的改變，深入內裡卻可以看見有不同的文化價值彼此撞擊、妥協，激烈者恐怕是一方吞蝕另一方。不同的文化可能源自於不同民族、不同政治立場、不同世代等。既然創作者心心念念牽掛著原鄉，文化衝擊的問題必然是他們書寫的一大主題。此一主題，顯現了他們的關懷與憂慮，問題未必能夠從中得到解決，但是至少可以讓這樣的憂慮傳遞出去。也讓我們明白，作家筆下的原鄉，都是持續變化中的不同切片。

比較含蓄的，像是簡媜在《月娘照眠床》的序文所述，當她興高采烈帶著朋友回到宜蘭，竟然找不到回家的路，只因「路變成河、河變成路，爛泥巴陷阱到處都是，記憶中的竹徑、水壩、田厝，都夷為平地。那一晚，又居然沒有遇到任何一位可以問路的村人」[49]。

---

[47]　王鼎鈞：〈中國掛在我牆上〉，《左心房漩渦》，頁 116。
[48]　余光中：〈地圖〉，《望鄉的牧神》，頁 68。
[49]　簡媜：〈一定有一條路通往古厝〉，《月娘照眠床》（台北：洪範，1987），序頁 3。

竹徑、水壩、田厝是作者記憶中的家鄉，但是這一晚，自己的記憶不再可靠，那麼原鄉究竟是誰的家？「沒有遇到任何一位可以問路的村人」暗示了遇到的人都是「外人」，外人也許悄悄地比村人多了，又或者少小離家，舉目所見竟沒有認得的村人。簡媜在此沒有說明家鄉變化的原因，卻在其他篇章直指觀光事業發展的危機：

> 站在我家大門往前看，通過廣袤的稻原，最後視線抵達一列起伏的山巒。接著，想像左翼有條彎曲的河，離家門最近的扭腰處，約一百五十公尺，她就是「冬瓜山河」，現在被稱為「冬山河」。我一直無法接受她成為風景明媚觀光河的事實[50]。

除了點出成為觀光景點的冬山河不是心中珍藏的那條河以外，也提到「冬山河」原本稱作「冬瓜山河」。可惜簡媜沒有把握住機會說明「冬瓜山河」為何變成「冬山河」，如果從這名稱轉變說起，帶出冬山河變成觀光景點的事實，文字會更具有感發的力量。故鄉成為都市人造訪的觀光景點，也發生在花蓮：

> 令人惋惜的是湖岸上醜陋不堪的飲食店和「土產品之店」，賣的不外乎大理石和花蓮玉之類的東西。更醜的是此起彼落的石像，石像概成慘白色，大都是觀音羅漢彌勒八仙之類；又有耶穌牧羊，更有一條美人魚，仿丹麥安徒生童話的意象而塑，粗俗不堪，令人不忍卒睹。[51]

簡媜與楊牧的原鄉恰好都是鄉村，觀光事業的發展很多時候是藉由「鄉村商品化」來進行推展。隨著鄉村變得商品化，鄉村的意義和

---

[50] 簡媜：〈雨神眷顧的平原〉，《微暈的樹林》（台北：洪範，2006），頁 141。
[51] 楊牧：〈鯉魚潭〉，《柏克萊精神》，頁 25。

特徵也被彰顯出來代表鄉村的本質。這些被突顯出來的特質，像是
「自然」、「野趣」、「歷史」等主題，與手工紀念品、特殊食物飲料
等有關的特定商品，構成了套裝「鄉村一日遊」中不可或缺的部分。
問題是，這些特質，有許多是以「為觀光客製作奇觀」為基礎而衍
生的[52]。彷彿郝譽翔所慨歎者：

> 運河文明沒落了，中原文化沒落了，西藏的宗教傳統沒落
> 了，而消失沒落，乃是正常的，反倒是留存下來的，還要
> 讓人起了一些疑心，懷疑它是刻意造假，拿來唬唬觀光客
> 罷了。[53]

更為其下者，在觀光化的影響之下，所建立出的文化想像顯得過分
虛假。張曉風遊烏魯木齊時，就曾遇見這種狀況，「它卻是個為觀
光客設計的地方，節目假假的，『姑娘追』一點也不好看，姑娘揮
鞭打人的動作完全有名無實。……我們住進一間蒙古包，那包竟是
水泥製的，裡面有床，──這些，也是假假的」[54]。因為原鄉的商
品化而哀悼之，這是可以理解的，倘若連觀光客都嫌棄，那就說不
過去了。無怪乎簡媜無奈寫下：「你不卑不亢過你的生活，其實是
對這些轉變無能為力」[55]。楊牧也說：「幸虧我是花蓮人，地理較
熟悉，知道還可以繼續往鄉下走去，把假日的花蓮交給臺北人，讓
他們去瘋去」[56]。其實，無論是鯉魚潭或冬山河，皆是作家們能夠
致力書寫的題材，如今只成了觀光客心中的模樣，作家哪能不憂

[52] Paul Cloke 著，李延輝譯：〈鄉村〉，《人文地理概論》，頁 352。
[53] 郝譽翔：〈一瞬之夢〉，《一瞬之夢》（台北：高寶國際，2007），頁 276。
[54] 張曉風：〈烏魯木齊女孩〉，《這杯咖啡的溫度剛好》（台北：九歌，2004 增訂二版），頁 75。
[55] 簡媜：〈水證據〉，《天涯海角》（台北：聯合文學，1999），頁 175。
[56] 楊牧：〈臺灣的鄉下〉，《柏克萊精神》，頁 21。

心？除了觀光事業破壞了鄉村原有的面貌，現代化工程也會造成改變[57]。前面提到楊牧撰寫的〈花蓮白燈塔〉，就因為港口更新的工程而被拆除。白燈塔既然是當地人日常用以標誌位置的地標，連楊牧都以「白燈塔」或「燈塔」的稱呼辨別在地人或外地人，那這麼重要的建築物被拆除，多麼令人惋惜[58]。

　　前面談到的文化衝擊，背後代表的意識形態恐怕都還算是比較模糊籠統。我們大概可以用城／鄉，或是現代／傳統二元對立來解釋背後產生的文化衝擊。但某些情況，背後指涉的意義非常明顯，好比空間釋名時提到，國民政府進駐台灣時，街道的改名就充滿了非常明顯的指涉。這大概是楊牧記憶深刻的一段歷史，在他的文章中不時出現類似的片段。〈一些假的和真的禁忌〉描寫住家附近有一片竹林，大夥傳說竹林裏有間鬼屋，嚇得孩子都不敢接近。直到有一天，不知哪來的軍隊進駐，砍竹的砍竹，闢地的闢地，一大片竹林遂成了農田。這時的楊牧或許只覺得這些軍人不怕鬼，又或者隱然發覺這些農田和自己從小見到的不太一樣。但是從竹林變成農田，地景顯著的改變，如果花蓮鄉下的一隅如此，何況當時全台灣為此產生了多少變化？

---

[57] 嚴格說來，觀光事業本身也是現代化的一個環節，同樣對在地文化產生很大的衝擊。好比畢恆達所言，「在資本主義的邏輯之下，觀光大飯店往往佔有自然風景區內最好的景觀點，而且飯店裡常有最現代的游泳池、娛樂室、衛浴與視聽設備，但諷刺的是它自身卻是景觀的最大破壞者，從大飯店裡往外看出去風景如畫，但是從其他角度卻只見高樓飯店林立」。畢恆達：〈你觀的是什麼光？〉，《物情物語》（台北：張老師，1996），頁 113-114。

[58] 白燈塔被炸燬一事，林文義也曾為文提起。他感慨地說：「再來花蓮，已是幾年以後的事了，依然是搭花蓮輪，但花蓮已無白色的燈塔。據說，他們為了擴建港區，將燈塔炸掉了，只剩下單調平直的防波堤以及堤旁許多人造礁石……白色燈塔也從此成為人們的一種可有可無的記憶，就是遺忘，似乎也是無妨的」。林文義：〈浩劫蓮花〉，《從淡水河出發》（台北：光復書局，1988），頁 156。

　　這些變化或許無可厚非，所以不是楊牧要批判的目標。他真正在意的是政府虛假的口號，突然爬上四鄰的圍牆，成為有礙觀瞻的謊言：

> 花蓮城外，只要有一塊空白的牆壁，無論長的方的，都被漆上標語。你走過熱帶闊葉樹撐高如蓋的舊街道，在八月酷暑，知了聲如雷響動，忽然看到美麗光亮的樹葉影間，比車輪還大的方塊字在鼓舞你去服從，去實行，提醒你飢餓和屠殺等等抽象，甚至往往是虛假的概念——一些可恥的謊言。[59]

「忽然看到美麗光亮的樹葉影間」，儼然是作者刻意對照標語攀牆的荒謬。標語儘管是平面的文字，附著在大大小小空白的牆壁上，同樣造成視覺意象的改變。改變的背後，代表了某種價值體系，明確指涉著那段特定的時代、特定的政權。不過更有趣的是，楊牧發現教堂乾脆先發制人，為了保留外牆的「發言權」，索性漆上「信耶穌得永生」等標語，又為這場標語大戰多增加了角力的一方。

　　不同於楊牧與簡媜，鍾怡雯雖然也看到原鄉因為文化衝擊而產生改變，但她卻反省自己似乎是站在「文明」那一端去重新設想家鄉。〈茶樓〉寫的就是地方感的建立與消失。文中提到茶樓因為具備優越的地理位置，而造成了茶樓急遽衰頹的原因。〈茶樓〉深刻詳細地書寫面對了商業發展帶來均質單一的文明地景。就連作者在構想經營茶樓時，都難免在不知不覺中，將都市咖啡館的樣式置入茶樓的記憶：

---

[59]　楊牧：〈野橄欖樹〉，《方向歸零》（台北：洪範，1991），頁 13。

> 我的茶樓藍圖反覆勾勒修改了好幾年，後來發現，這種改良
> 式茶樓的構想，其實不過是大都市咖啡的變調，咖啡館和叉
> 燒包的組合因此便顯得突兀而可笑了。[60]

單就茶樓面對商業文明的衝擊來說，也許會增進生活水準，不再有
文中描述雜吵粗野的景象；但也危及了地方的情感面向，會造成缺
乏人性的地景。若更進一步來說，不只面對茶樓，在各個地方都因
商業區的標準化而聚集了更多單調均質的建築物。〈茶樓〉未必能
夠有足夠的文本空間透露相關訊息，然而作者藉著茶樓追憶原鄉
時，確實也已透露故鄉在資本主義的侵蝕下，漸漸也失去了固有的
面貌。同樣具有高度的反省，〈黃羊玫瑰飛魚〉討論的恐怕更複雜：
黃羊代表蒙古高原，玫瑰是為了外銷歐洲而種植在蒙古的作物，因
為這樣的耕種，導致高原嚴重沙漠化。甚至中共將高原一大片土地
租給外國埋藏核廢料，完全不顧當地人的權益。然而，筆鋒一轉，
席幕蓉想到飛魚洄泳的蘭嶼，不也埋藏著台灣的核廢料？從蒙古、
中共、外國、蘭嶼到台北，席幕蓉除了點出了實際的問題，也自省
到在她為蒙古擔憂的時候，或許自己便利的生活也成為了蘭嶼的
負擔。

可惜作家有這樣的自覺，卻未必有能力改變現狀。一如席幕蓉
對蒙古的關懷，或許身為一位創作者，最大的貢獻就是將問題展示
在讀者眼前。蒙古在近代史的發展中非常的坎坷，直到如今，兩岸
政治的矛盾也影響著蒙古國是否存在的問題。這種特定歷史背景下
的產物，對蒙古民族而言是不堪的回憶。〈額爾古納母親河〉中，
面對這條內、外蒙的「界河」，作者不禁慨歎：

---

[60] 鍾怡雯：〈茶樓〉，《垂釣睡眠》，頁 132。

> 蒼天在上！任何人，任何人都可以叫這一條河流為「界河」，
> 唯獨只有蒙古子孫不可以這樣稱呼她。[61]

不能稱呼為「界河」，是因為「所謂內、外蒙是清朝以後才有的名稱與分別，而對我們蒙古人來說，這樣的疆界是從來不存在的」[62]。席慕蓉要告訴讀者的，並不是一種自以為是的民族主義，而是她認識到遊牧民族文化與農業民族文化畢竟不同，逐水草而居的蒙古人，是不容易保持固定的疆界的。「在那塊土地上，水草是一切的命脈，有了水草，才能有牲畜；有了牲畜，牧人才能生活；有了生活，文化才得以延續。所以多少年來，對於蒙古人來說，政治上的疆界不一定等於文化上的疆界」[63]。於此，席慕蓉的原鄉所面臨的文化衝擊，在於更龐大的遊牧文化與農耕文化[64]。水草是遊牧文化的命脈，但是近代漢人大量進入蒙古移墾的結果，造成土地沙漠化，使得野火燒不盡的草地，成為沙塵滾滾的荒原。這是席慕蓉在《金色的馬鞍》內有許多篇章都談到相關問題，足見她的憂心與關懷[65]。創作不只是書寫行為本身，背後還有更大更深遠的呼籲，以及作者期望產生的影響力。

　　同樣是被中原文化視為邊陲的，師瓊瑜用一連串的問答突顯出我們對異文化的認知其實是非常陌生而武斷的：

---

[61] 席慕蓉：〈額爾古納母親河〉，《金色的馬鞍》（台北：九歌，2002），頁 60。

[62] 席慕蓉：〈母親的河〉，《我的家在高原上》，頁 182。

[63] 席慕蓉：〈母親的河〉，《我的家在高原上》，頁 182。

[64] 席慕蓉曾表示，「這十幾年來，我出了幾本散文集，創作主題都是『蒙古』，與這本《我的家在高原上》相比較，好像已經逐漸從個人的鄉愁裡走出來，轉而形成一種對游牧文化的關注與探索了」。見〈譯者〉，《我的家在高原上》，頁 21-22。

[65] 詳見陳伯軒：〈阿拉騰鄂莫勒——讀席慕蓉《金色的馬鞍》〉，《別有天地：伯軒的散文部落格》（http://mypaper.pchome.com.tw/allenhsuan）。

「你們下蠱嗎？咦——藍鳳凰哦！」不，這是苗族。

「你們會跳楊麗萍的孔雀舞嗎？」不，這是傣族。

「你們是母系社會嗎？」那是崇尚東巴文化的納西族，住在高山湖泊邊的摩梭族。

「你們是不是也走婚，男人來了又去、去了又來，小孩只知有母有舅，但是不知道有父。」那是瀘沽湖畔的摩梭族。[66]

從苗族、傣族到摩梭族，這些位在中國西南的民族都成了眾人對師瓊瑜所謂雲南老家的認知與解讀。缺乏真切的認識，只能從小說電視其他媒介片段的了解，又怎麼能夠析分這麼多元的民族與文化呢？

文化衝擊常常造成原鄉面貌改變，甚而如同毀容般面目全非。作家除了大聲疾呼之外，別無他法，因而也會產生另外一種不同的書寫模式，那就是刻意「隱藏地方」：「我害怕愈來愈多人得知消息，帶著一家老小去野餐，把山谷溪流當作別人家的廚房，烤起甜玉米與香腸，砍幾株月桃或水薑，放任孩童用塑膠袋裝螢火蟲，什麼也沒有留下，除了灰燼與垃圾」[67]。簡媜的這段文字雖然不見得是在描寫原鄉，但是那種隱藏地方的動機確實很明顯的。隱藏地方，只為了讓文章裡的地方感更加模糊，以便保留這一塊「世外桃源」，避免遭受破壞。尤其像是簡媜和楊牧這種斥責觀光事業破壞原鄉風貌的作家而言，原鄉的自然與美好正是它們所以被消費的緣故。因此，我們才能夠深入體悟到〈山谷記載〉所言：到了一個小站，這個小站的名字我不告訴你了，那是鄉村的午後……那是鄉村的午後，在一個我不打算告訴你的名字的小站，這名字絕對不告訴

---

[66] 師瓊瑜：〈父親的家鄉，是不是我的家鄉〉，《寂靜之聲》，頁24。

[67] 簡媜：〈流金草叢〉，《胭脂盆地》（台北：洪範，2001年初版六印），頁95。

你[68]。同樣的情況，當師瓊瑜詢問父親為何從中壢搬遷到花東，父親認為花東的大好山水像是雲南家鄉。然而作者卻在這樣簡單的答案背後，思索到更細膩卻更嚴肅的問題：

> 而我卻私自揣想著，作為邊疆少數族群的父執輩們，面對同樣以中原沙文文化或是漢人自我優越色彩為主的島國文化，也許在擁有不少原住民族的花東感覺到更多的自在，因為在較為封閉的環境裡，那些我從小耳濡目染自成一格的雲南文化，得以奇異地保存持續下來，免於被漢文化或中原文化稀釋掉。[69]

從師瓊瑜的這段猜想與楊牧對花蓮的書寫對照，更能清楚明白，花東不但具有得天獨厚的山光水色，而且相對封閉的環境還成就其他少數文化的保存與發展。如此不難理解，花蓮面對觀光化的衝擊，不會單單只是土生土長的在地人感到憂心，據守同樣邊陲位置的許多文化可能因此備受挑戰。師瓊瑜所謂的「暗自揣想」也就不是信口開河了。

文化「衝擊」肇因於文化認同的差異，文化認同有時也會牽涉到身分認同。討論意象再現時，我們曾舉席慕蓉為例，在血緣上她可說是道道地地的蒙古人，早年她對蒙古的認知卻是一廂情願的想像，以至有如此的感慨：「如果這個牧羊的女子並不是我本來該是的模樣，如果我一直以為的卻並不是我本來該是的命運，如果一切

---

[68] 楊牧：〈山谷記載〉，《柏克萊精神》，頁38。舒國治也曾談到類似的概念：「為了那些『秘密的角落』，很多作家只好在遊記中隱藏其名，以免受觀光客濫遊以致不堪」。所不同的是，舒國治談的是旅行，而簡媜、楊牧所懷抱的則是原鄉的情懷。引文見舒國治：〈再談旅遊指南〉，《理想的下午》（台北：遠流，2000），頁139。
[69] 師瓊瑜：〈蒼海雪·珥海月〉，《寂靜之聲》，頁42。

又得從頭來起的話，我該要怎麼樣，才能再拼湊出一幅不一樣的畫面來呢？」[70]等她結結實實地踏上蒙古草原，真正認識了蒙古之後，回過頭來看待陪伴她四十年的島嶼，反而有另一層的思索：「原來，我和父母那一代雖然血脈相連，我和那一大塊高原上的族人雖然都是同胞，但是，我畢竟還是有些不一樣了。生命中的四十年都與這個島嶼有了關連，使得我今天一切的悲喜，竟然也必須要再透過她，透過在這四十年間和我一起成長的朋友們的胸懷之後，才能夠顯示出一種完整的面貌來」[71]。席慕蓉尚且為陷入我是「台灣人」或是「蒙古人」的交纏與辯證，父母雙親的蒙古血統與生長在台灣四十年的經驗，似乎讓她回答任一選項都可以非常篤定，相反的，曾因族群身分而受到不友善的對待，那麼對於身分的叩問就難免比較尖銳，師瓊瑜的感受相當深刻：

> 受到中原文化洗禮的人稱我們為蠻夷，也就是未開化的人，小時後報上籍貫時，總惹來大人一聲驚呼：「邊疆民族啊？難怪難怪！」難怪什麼呢？是長相奇怪還是姓氏奇怪？[72]

所謂「中原」文化「洗禮」與「蠻夷」、「未開化的人」等詞彙，到了今天我們都能夠輕易省思這背後挾帶的偏頗觀點。倒是作者聽到別人的驚呼之後的反應，頗值玩味，對方也不過說聲「奇怪奇怪」，作者已經能夠自動反問「是長相奇怪還是姓氏奇怪」，可見她過去一定時常聽見別人針對這兩者的「奇怪」提出疑問。不過真正重點還在於父親的反應：「我們總是委屈的回家跟爸爸抱怨原來我們是

---

[70] 席慕蓉：〈飄蓬〉，《有一首歌》，頁75。

[71] 席慕蓉：〈我手中有筆〉，《我的家在高原上》，頁29。

[72] 師瓊瑜：〈父親的家鄉，是不是我的家鄉〉，《寂靜之聲》，頁21。

邊疆蠻夷啊，爸爸可能火大了我們一而再再而三的莫名委屈，於是義正詞嚴地告誡說我們的祖先是從山西太原南遷而下的漢人，這個說法我們沿用很久」，說來父親的反應才真的「奇怪」。為了不被視為邊疆蠻夷，開始歷數族譜淵源，非得說出一個源遠流長的脈絡，彷彿如此才能夠正本清源，標示自己漢人的身分無欺。外人的驚呼與父親（無論有意無意）的反應，都顯示了一種特定文化期待之下的身分認同，但是，我們真能夠如此輕率地斷定嗎？「然而及長發現也許不是這麼一回事，如果我們的祖先南遷超過了上千年，而且世代居住於此的先人早已經和當地人通婚混血，那麼我們是誰呢？」[73]按照作者的疑問引申，我們可以明白一切狹隘的民族本位恐怕都顯得無謂，千百年來，特定的文化或許可以代代相傳，但是要去找個「純種人」，談何容易？

那麼我們是誰呢？這個問題可以不要有答案，也可以不要只有一種答案，但師瓊瑜的自問畢竟提供一個反省的可能。無論是雲南或蒙古，作家的異域身分都成了所謂的外省人。這引發我們想要繼續討論的一個問題——某些作家面對「中國原鄉」時所產生的衝擊與拉扯。眾所皆知，一九四九年國民黨退守台灣，文學和政治語境的巨大變遷，直接催生了大量的懷鄉散文。這些南來的作家將鄉愁轉化成文本中的綿綿不絕的空間記憶，原鄉鮮明的在地文化和生活情境，都投映在「北國」的空間敘述當中。此後兩岸長達四十年的隔離，等待開放至大陸探親，這些作家對於中國的追憶與想像皆與當下現實的中國產生極大的撞擊。

高大鵬出生於民國三十八年，並沒有機會記憶中國，唯一能夠認識中國原鄉的方式就是藉由一些照片：

---

[73] 師瓊瑜：〈父親的家鄉，是不是我的家鄉〉，《寂靜之聲》，頁 21。

> 民國三十八年以後，出生在寶島的我們這一代，自然是未曾
> 見過故國河山了……。我的第一故鄉臨朐在山東鄉下，沒有
> 照片，所以一點印象也沒有。倒是第二故鄉——青島，卻有
> 不少照片帶出來，那一個美麗的濱海之域，給童年的腦海留
> 下不可磨滅的大好印象。[74]

照片反映出的原鄉，使作者驚嘆：「這個在照片上美得像童話一般
的城市，是我夢魂時常飛去的地方」[75]。父母留下來一張張富異國
情調的照片，給予作者美麗的想像。他看到的是那被日本與德國佔
領而留下的哥德式教堂與櫻花公園，這種對原鄉的想像簡直離譜
——面對照面想像從未踏足過的老家，已經是一層誤視；而再現出
來的風景卻是饒富異國（而非中國）情趣的。如此，當作者重返大
陸，看到活生生真實的狀況時，所產生的落差感可想而知。而這
些種落差，卻是那一段年歲那一個世代，所必須共同面對的記憶
錯位。

　　以今日的眼光看來，高大鵬對這種記憶錯位的著墨不多，也不
夠深入。他過於強調生聚教訓，復返神州的民族大義。同樣是外省
第二代的張曉風，對於民族家國的情感也不遑多讓，但相較之下，
卻更能意識到當時中國的處境：

> 使我驚訝的是這個因雨而感傷的下午，何竟一個女子會站在
> 海外的一隅，看前朝宮中的絹畫，想五百年來多少人對畫而
> 淚垂，想宇內有多少博物館中正在展示著那和平而豐腴的中
> 原——而真正的中原卻燒焦毀裂。[76]

---

[74] 高大鵬：〈縴歌行〉，《追尋》（台北：聯合文學，1989），頁 59。

[75] 高大鵬：〈縴歌行〉，《追尋》，頁 60。

[76] 張曉風：〈雨之調・清明上河圖〉，《愁鄉石》，頁 91。

文中作者觀看《清明上河圖》，從《清明上河圖》遙想中國，再從古典中國對照當下中國，看似轉折卻又被作者連結得理所當然。不過從《清明上河圖》想像中國，並沒有比高大鵬看著照片想像老家來得更高明或更理性，同樣無法撥開層層包裹的圖像背後所有的真實。《清明上河圖》畫出汴京繁華富麗的一面，張曉風所謂「和平而豐腴的中原」，實際上此圖所顯現的未必是當時汴京的盛況，據董其昌的說法，也有可能是南宋追憶東京之盛所畫就的，即便以傳世張擇端所作為說，當時的宋徽宗朝，也已是北宋國勢漸弱的階段。從這一幅繁華富麗的前朝風景，認識豐腴的中原，未免也過於天真。當然身為創作者，張曉風未必需要做這麼周折的思索，她可儘管想像，儘管緬懷，一切的鋪陳也不過是為了最後的那句「真正的中原卻燒焦毀裂」。

從張曉風這篇散文的寫作時間可以大膽推斷——這應當不是她踏足大陸之後得到的感想。她之所以能夠獲取這些訊息，或許得之於國家機器是更準確的原因。那麼，真正的中原如何燒焦，如何毀裂？撇開圖片與畫作，拋卻國家機器的灌輸與操縱，等到開放回大陸探親之後，一系列的返鄉散文，有了親眼實見的震撼。那時候，所面對的物是人非，不，該說物非人也非，那不僅僅是四十年來歲月的搓洗，更有兩岸政治意識形態差異下所顯現出巨大的碰撞。

「我環顧四周，這哪裡是我原來的老家啊！若不是父母家人都在前面，我會懷疑走錯地方」[77]。這一句話寫盡了所有返鄉散文所要寫的，說盡所有作家返鄉後所要說的。這已經不是地貌地景小規模地變異，整個巨大的空間，幾乎面目全非：

---

[77]　王璞：〈最長的一天〉，封德屏編：《四十年來家國》（台北：文訊，1989），頁33。

富春山水，正如詩人、畫家所頌、繪的作品，在我腦海中流
下了美好而深刻的記憶。而今天，我在車中向左右兩岸觀望，
山上的林木已砍伐光了，所見只是一塊塊如癩痢頭疤痕般，
因採取石材而濫炸、或濫墾後，所遺留下的光禿痕跡。[78]

這又是一個從詩畫中體認地方的例子，「我們似乎是蒙上了眼睛在
遊走大江南北，固執把長江黃河西湖太湖依照古籍記載來架構，然
後還原成夢中神遊已久的模樣。我們究竟是在看山看水呢？還是在
看自己多年來的幻想？」[79]郝譽翔這樣的提問，不是沒有原因的。
然而，沿途的風景面目全非，這樣的題材放在任何原鄉書寫，本是
能據以大書特殊書的切入點。偏偏在返鄉散文中，風景的面目全非
又怎麼比得過家鄉的毀損：「更使我悲哀的是，本想到祖母的墳上
去大哭一場，卻不能如願，因為她老人家的墳墓早就被剷平了，找
也找不到了」[80]。以儒家為主流的中華文化圈，敬老尊賢，慎重追
遠，向來是許多人秉持的倫理。而今，欲維持這樣的文化也是不能
了，在共產黨的統治之下，對許多作家而言最不堪的恐怕是連父母
故老的墳墓都無計可尋。

余光中〈兩張地圖，一本相簿〉也寫到與妻子回四川尋找岳父
的墳墓，他們手中握執兩張摺痕深深的地圖，畫的是五十餘年前墓
地所在與四川省樂山城區：易丹皺著眉頭，把兩張舊地圖跟樂山市
區的新圖，左顧右盼，比對了許久，才遲疑地說：「這胡家山在新
地圖上根本找不到了，哪，應該就在這一帶了，變成師範學校的校
園了」[81]。最後在老校工的指點下，才知道岳父的墓地應當改建成

---

[78] 疾夫：〈難療四十年的創傷〉，封德屏編：《四十年來家國》，頁 72。

[79] 郝譽翔：〈由北入南〉，《衣櫃裡的秘密旅行》（台北：天培，2000），頁 82。

[80] 王璞：〈最長的一天〉，封德屏編：《四十年來家國》，頁 35。

[81] 余光中：〈兩張地圖，一本相簿〉，《青銅一夢》，頁 86。

了教室。於是妻子只好在教室外邊捻香弔祭，弔祭這無焚可拜無碑可認的亡魂。少小離家老大回，一回頭，才發現悉心念念的孤墳千里，早已無處話悽涼。對於作家而言，這樣的改變恐怕是最不堪的。在不同的文化環境，想要企圖改變這現況也是不可能：

> 「能不能給爺爺奶奶，建一座墳墓？」
> 「不行，」兒子含淚搖一搖頭說，「上面的政策，不行！」
> 「我們拿錢買地呢？……」
> 「不行……」兒子還是搖頭。[82]

開放大陸探親時期，兩岸經濟發展懸殊。許多人返大陸探親，不斷在經濟上給予家人強大的支援，期望藉以補償他們過去艱辛的生活。然而修葺祖墳這事，卻不是憑著有錢就能夠如願以償的。既然是「上面的政策」，那麼憑藉著一個小小百姓，又怎麼能夠與之抗衡，甚至改變呢？

將時間拉到更近的時間點，返鄉所見的落差，就不只是感嘆環境遭受到摧折。也有可能相反，環境的改變帶來的是現代化發展的結果：

> 在我七歲時，他們曾經帶我回永春住了半年。記憶中的故鄉經過六十多年的傾蝕，早已曖曖然呈現星雲狀態，只剩下幾個停格，根本說不上倒帶……。總之我窮思苦憶所得，或是此行近鄉情怯所盼的永春，都遠遠不如此刻，在窗口所見的新城這麼高，這麼生動而亮麗，街道寬闊而平直，樓屋大方而整潔。桃溪在現代工程的雲龍橋下向東南流去，對岸的中國電信大廈，矗立二十層樓高，白璧交映著一排排綠窗，那

---

[82] 王書川：〈四十年的天倫夢圓〉，封德屏編：《四十年來家國》，頁 26-27。

　　氣派哪像小縣城？我原以為會重溫褪色的黑白照片，此刻照眼的，卻是對準焦點的七彩紛虹。[83]

在余光中的筆下，永春成為了一個現代化的城市，與他殘片般的童稚記憶無法對應。歲月遞嬗挾帶著空間的轉變，也難怪余光中有感而言，那執在掌中的地圖，「上面繪的不僅是地理，更是時間」[84]。慢慢地，這些作家面對過去的「老家」所產生的文化衝擊，也會如同其他作家書寫原鄉所擁有的面向一樣。甚至，會更為薄弱。如果這些從中國來台的作家，至今還對大陸抱著濃厚的鄉愁，或許面對中國崛起，急遽變化的現下，對於老家的描繪或許也別有一番體認，但畢竟，現今台灣散文家以大陸作為原鄉書寫的目標，還籠罩著濃得化不開的鄉愁的創作，隨著歲月倏忽，勢必漸行漸遠，漸次稀少。

結　語

　　我們能夠明白，人文主義地理學的發展讓人重新評估地方的意義，「以往的地方研究常淪為區域專題研究，只專注於特定區中自然、經濟、社會、文化因素之間的互動。如今人文主義地理學轉換了焦點，針對人群與地方的關係提出更具洞察力的問題」[85]。地方的獨特精神，通常用來指出人群對於地方的經驗超出了物質或感官的性質，而且感受到自我對地方的精神依附或是歸屬。Mike Crang 認為「如果地方的意義超越了明白可見的事物，進入情緒與感覺的

83　余光中：〈八閩歸人〉，《青銅一夢》，頁 248。
84　余光中：〈兩張地圖，一本相簿〉，《青銅一夢》，頁 86。
85　Mike Crang 著，王志弘等譯：《文化地理學》，頁 135。

領域，那麼解答之一可能就是轉而求諸文學或藝術，以之作為人類表達這些意義的方式」[86]。

原鄉作為文學創作重要的題材，充分反映了在現實中對許多善感的人所產生的文化價值導引。哪怕是些微的變動，對執戀故鄉的人而言，都可能引起劇烈的文化認同的轉移與思考，同時，也是進行一場「我是哪裡人，要到哪裡去」的叩問與辯證。文學創作成為媒介，成為手段，不斷回過頭去向記憶索取鑰匙。從本章討論的內容來看，原鄉書寫顯然比都市散文有更多元的詮釋視野，對於地方感的構成也較為成功、豐富。如何恰如其分掌握地方特質作為創作的主題或背景，如何寫出人與土地的情感，則是作家必須時時面臨的挑戰。

隨著全球化時代的來臨，也有許多學者紛紛以「無地方感」或「非地方」、「去領域化」、「解當地性」等辭彙進行一系列的論辯。每個學者對於「地方」與「全球化」的定義不盡相同，致使產生更多繁複的論辯，然而大抵上可以發現擔憂的一派在於認為全球化會消蝕地方特色，而較樂觀的則認為面對全球化可能帶來的危機，地方特色反而會因此受到矚目而保留下來[87]。全球化的腳步眼看無法

---

[86] Mike Crang 著，王志弘等譯：《文化地理學》，頁 143-144。

[87] 相關的討論非常多，並不是本論文要處理的問題。請參閱 Mike Crang 著，王志弘等譯：《文化地理學》第七章〈地方或空間〉、Tim Creswell 著，王志弘等譯：《地方：記憶、想像與認同》第三章〈解讀「全球地方感」〉。鍾文音旅行上海的時候，曾寫到：「要不是星巴克產品上寫著簡體字，以及櫃檯的男生個個長得像京劇裡兩道往上吊的鳳眼，還有隔壁桌那上海姑娘的吳儂軟語，不斷地說著：『阿拉阿拉……』（我們我們，上海人稱我們的發音為阿拉），讓我有異邦之感，且暴露了我所處的國界方位之外，我當下真恍然在台北星巴克之感」。乍讀之下鍾文音似乎是採取描寫全球化帶來的同質效應，但是其實她寫了一連串「要不是……」，剛好也是說明了在全球化的情景下或許可能仍然存在著地方的殊異性。張讓〈漂浮的座標〉則以評論的文字描述台灣的狀況：「我想到台北處處的 Starbucks、麥當勞、7-11，

止歇，對於各個地方，各個原鄉，或是對於各個人魂牽夢縈的烏托邦，都有長遠而深切的衝擊。這恐怕也是往後原鄉書寫可能更容易著重的面向之一。無論如何，在一系列的討論之後，地方的「特殊性」與「一般性」，成為作家寫作時反覆斟酌推敲的砝碼，如何得到絕佳的臨界與平衡，在顧及語言藝術的前提下，表達更深切而多元的文化思索，那才是經營一篇成功的散文所不得不思考的關鍵。

更想到台北、永和滿街店招不是英文就是仿英文，到電影院找不到國片可看，到書店去放眼都是翻譯書，即使是中文書有的也莫名其妙以英文作書名，甚至附帶英文書名。怎麼回事？」張讓的擔憂典型的就是全球化對於本土文化的破壞，但她也提到朋友爭辯認為全球化為窮國致富之道。這都顯示了全球化的問題是非常複雜的課題。以上引文分別見鍾文音：〈上海行〉，《奢華的時光》（台北：星月書房，2002），頁 84、張讓：〈漂浮的座標〉，《當世界越老越年輕》（台北：大田，2004），頁 212。

第三章　現代性與空間位移

前　言

　　從都市空間的營構策略到原鄉文化的追尋與認同，我們發現作家對於某個地方的書寫往往源自於厭地與戀地情結[1]。無論是厭惡或是喜好，都顯示了創作主體對於地方所展現的情感。無論是都市、城鎮或是國家（尺度有大有小），當作家描寫這些「地方」時，這些地方是「固定地方」。那個地方不會移動，也不會漂流，就那樣靜靜地躺在那裡供人哀悼、想像、甚或是謾罵。然而，固定地方的概念，並不足以完全等同於「空間」。精確地說，當空間產生移動時，（固定的）地方的概念就可能產生變異，甚至消失。

　　「移動」，通常是相對於固著在某個「地方」而言的，「地方」的範圍可大可小，「移動」所涉及的概念也就隨之變化了。從台北到花蓮，固然是移動，從台灣到美國也可以是移動。加上主體移動的動機與意志不同，空間位移就成了一個不容易一概而論的議題。在原鄉追尋的議題上，我們曾經談到南來作家對於中國的追憶，其實這也涉及移動的概念。他們移動到了這裡，才能對那裡產生了追

---

[1]　根據《人文地理學詞典》解釋，戀地情結（topophilia）按照字面的解釋就是對地方的愛戀之情。段義孚把它引入地理學，指當我們減少注意力於環境分析時，對周圍環境能體會到的洶湧情感。許多人文主義地理學家認為，戀地情結激發地方考察和在地圖、文本、圖像中的景觀表現等地理傳統，是地理想像的基礎。戀地情結表達了地理意識和研究中美學的、感覺的、懷舊的空想的面向。此外，雖然戀地情結這個概念主要指涉對於世界的積極情感，但也包含對地方、景觀和環境的所有感覺，包括害怕、恐懼和厭惡。詳見 R.J 約翰斯頓主編，柴彥威等譯：《人文地理學詞典》，頁 739。

憶——甚至，廣泛來看，絕大多原鄉書寫都是涉及了「離開」才重新省視「原來的地方」。不過，從那些原鄉書寫的文本來看，絕大多數的作家仍然是致力於描寫那「原來的地方」，而不是寫那「離開」時的空間位移。此外，因為政治或經濟因素，非自願或半自願流亡或移民，也涉及了從此地到彼地的概念，同樣的，這也會衍生出許多複雜的議題，諸如身分認同、種族歧視、文化衝擊等。

理論上，複雜的議題顯示出多元的關懷，不過一旦落實到文學創作裡，未必盡如我們預期的樣子，特別是散文，深入研究便發現空間位移的概念，在散文創作中並沒有很明顯的成果。在理論與創作的落差中，我們集中討論的焦點，從現代性的開展與反思來探討空間位移的顯現。

我們通常將「現代」放在時間軸上理解。「現代」似乎是個時間的概念，與空間意涵沾不上邊：「現代社會意味了當前的社會加上創造它的前代社會，而介於當代和前代之間的時間，就是現代。由於現代這個詞沒有同等的空間含義，一旦處於這段時間當中，現代二字等於放諸四海皆準」[2]。這段對於現代缺乏空間指涉的質疑，可以分兩個層次來解讀：首先，以時間軸來看到現代化或現代性的產生，那麼當前的世界應當進入「現代」或「現代之後」的階段，但事實上，並非每個國家或民族都達到「現代化」的水平；其次，雖說現代是個時間上的指涉，但是若要實際理解某個現代社會的來臨，往往需要依賴那個空間內產生的變化來衡量。

面對第一個層次的討論，主要關鍵在「現代性」定義的問題。就時間上進入了現代世界，但並不是現代時間的各個空間都具備現代性。Giddens 將現代性看作是現代社會或工業文明的縮略語，它

---

[2] Peter J. Taylor 著，余佳玲譯：〈現代世界的地理歷史詮釋〉，收入《人文地理概論》，頁 222。

包括從世界觀（對人與世界的關係的態度）、經濟制度（工業生產與市場經濟）到政治制度（民族國家和民主）的一套架構。它著眼於從制度層面上來理解現代性，因此它的現代性概念主要指稱在後封建的歐洲所建立、並在二十世紀日益成為具有世界歷史性影響的行為制度與模式。在這個意義上，現代性大致等同於「工業化的世界」與「資本主義」[3]。

　　第二個層次的討論，我們衡量特定地區是否進入了現代化，必須衡量該地區是否具備現代化的相關成果。這當中，空間的位移通常象徵著現代性的降臨。如果要精確地描述，應當說是空間的「快速」位移。Giddens 認為，相互作用在空間上的膨脹與在時間上的收縮之間關係的變化性質，是在當代社會的世界發展中如此重要和突出的「時空壓縮」的一個明顯的部分[4]。Harvey 則是把時空壓縮基本上看作是對「空間隨著時間的消亡」強制力的產物。他之所以使用壓縮一詞，是因為這樣一個強而有力的例證：資本主義歷史中的典型特徵就是生活節奏的加快，它克服了種種障礙，使得世界彷彿向眾人坍塌過來[5]。

第一節　懷舊或嘲弄

　　學者的理論各有關懷，我們也確實能夠從生活當中找到許多真實的經歷以證成理論。在現代化都市高樓林立的狀況下，升降梯本身也呈現了空間位移與現代化的關係：「時值八月，我和娣娣各花

---

[3]　陳嘉明：《現代性與後現代性十五講》（北京：北京大學出版社，2006），頁 4。
[4]　R.J 約翰斯頓主編，柴彥威等譯：《人文地理學詞典》，頁 732。
[5]　R.J 約翰斯頓主編，柴彥威等譯：《人文地理學詞典》，頁 730。

了美金六元後，擠在一堆人中隨著高速電梯往上，身軀明顯被拉拔升高，竟有一種身體要變形爆裂之感」[6]，這是鍾文音造訪紐約雙子星大樓，搭乘電梯的感覺。利用身體變形拉長的感覺來具體呈現高速電梯的上升，是相當細膩的觀察。可惜我們所看到對於電梯空間的描述，很少是強調其快速、便捷的特性，這個深具潛力的創作元素，在散文中出沒時，絕大多數的情況是成為都市書寫中展現人際疏離的幽閉空間。

在某些創作文本當中，我們可以讀出作者的一些曲折或無意識的觀察與關懷。其實，鍾文音描寫高速電梯的瑣碎片段，只是曇花一現，構不成豐富的討論。在現代散文當中，很少作家有意識地賦予「現代性的與空間的位移」大篇幅的書寫。在作家筆下，他們所觀察的是一個處處邁向現代化的國家，卻存在許多「不夠現代」的空間移動：

> 繞過東港火車站，日據時代建築，屬於南島偏遠的小站，一天大概也沒有幾班列車，月台及站裡的候車室，連一個人也沒有，小站的站務員們一定很寂寞。那種小站很適合別離的，那麼淒清，那麼寂靜，好像是一張發黃很久了的昔日相片。甚至令人會想到，是否真的會有這麼一個偏遠的小站？好像只有夢裡才看的到似的。
>
> 我們決定在入夜以前返回港都，曾君加快了車速。車過雙園大橋時，對岸的林園石化工業區燈火都一下子璀璨了起來，彷彿是一支壯麗的艦隊，而我們正奔向那一片燦亮的燈火中[7]。

---

[6]　鍾文音：〈悼紐約靈魂與我流逝的青春〉，《永遠的橄欖樹》（台北：大田，2002），頁 115。

[7]　林文義：〈南島走過〉，《寂靜的航道》，頁 135。

林文義的〈南島走過〉描述一次行旅屏東的經驗。文章結尾，他花了一段篇幅描寫東港火車站。日據時期的老舊建築，一天也沒有幾班列車。種種描述，都顯示了這個車站的空洞。那沒有繁忙的列車，沒有熙熙攘攘的人潮，安靜得幾乎要讓人遺忘。文本裡的東港車站，顯然是個「不夠現代」的車站，然而，不夠現代的原因並不是車站自身的問題，主要是周邊的環境仍舊處於現代化不足的狀態。文章結尾處，作者要趕回港都，即是個強烈的對比。或許我們能夠理解，面對班車稀少的老舊車站，現代汽車似乎是個機動性更高，也更便捷的交通工具。但是當經過工業區時的描寫，「一支壯麗的艦隊」以及「一片燦亮的燈火」正好對比東港車站的荒涼與落後。

　　荒涼與落後並非貶抑，相反的，它極可能是令人低迴不已的美好過去。把時空壓縮的概念放在「現代與前現代」的二元對立下，當空間移動無法達至某個程度的速度時，便意味著「不夠現代」：

> 上星期三去澳門演講，下午退潮時分，朋友帶我沿著細葉榕垂陰的堤岸散步。正是端午前夕，滿街的汽車匆匆，忽見榕陰低處，竟有著青蓬紅架的三輪車三三兩兩，以我行我素的反潮流低速，悠然來去，乘客和車夫都似乎沒把倏猛的汽車放在眼裡。這一驚一喜，真像時光倒流了——沒有七十年，也有十七年[8]。

余光中這段文字讀來別有滋味，滿街匆匆的汽車成為背景，三三兩兩的三輪車倒顯得突出。二者相較，很明顯三輪車是個不如汽車現代的移動方式，因此作者打趣地說那是「以我行我素的反潮流低速悠然來去」。我們不禁要問：什麼是潮流呢？潮流就是高速前行、快速移動，如果空間位移呈現不夠快速，便意味著不夠現代。最後

---

[8]　余光中：〈輪轉天下〉，《記憶像鐵軌一樣長》（台北：洪範，1987），頁77。

余光中覺得「時光倒流了」，也證明了我們非常習慣以時間標記現代社會的界線或斷代。

　　有時候，作家會把這種緩慢的位移（甚至空間靜止的概念），連結到了自然與鄉村，由此引申出樸素與原始的意念：「開支線客運的駕駛也十分的親切，有時主動的停車，讓仍未抵達站牌的鄉人上來，並且等候那些年歲老大的公公婆婆平穩的抓住車座的橫槓，並且坐定下來，才啟動車輪」[9]。如果以空間位移的概念來解讀，客運當然也是現代化的表徵。但是〈瑞平海邊〉所寫的客運，就和一般都市書寫內的公車給予讀者的印象大不相同。作家在這描寫了人倫之間體貼的溫情。這溫情卻是與我們強調現代化的時候容易產生衝突，因為當這客運駕駛體貼地等候乘客坐定，甚或是主動停車讓位抵達站牌的鄉人上車，種種舉動都會延遲發車與抵達終站的時間。這種較慢的位移，容易被理解為意外的美好。如同林文義的〈河口渡輪〉描寫某次前往淡水搭乘渡船，「船到了河口中線，引擎竟然停頓，整船人慌亂了幾分鐘，駛船人倒是氣定神閒的打開機器檢查，然後雙手一攤──等下班船來拖」[10]。作家對於駛船人的描述是氣定神閒，而不是慌慌張張。更特別的是，文章接著描述他優哉游哉地欣賞風景：「我一點也不急，靜止下來的渡輪倒成了一處視野極好的觀景台」[11]。跟著整篇文章都繞著所觀看的景致摹寫，渡輪本身反倒成了此文的一個引子。

　　同樣渡水，余光中的〈隔水呼渡〉描述到南仁湖遊歷的經驗。一位朋友家居在湖的對岸，但是並沒有任何渡輪載具，只有一只漂泊的白筏在對岸。因此他們必須隔著南仁湖大喊，希望對岸的朋友

[9] 林文義：〈瑞平海邊〉，《三十五歲的情書》（台北：漢藝色研，1989），頁96。
[10] 林文義：〈河口渡輪〉，《母親的河》（台北：台原出版，1994），頁32。
[11] 林文義：〈河口渡輪〉，《母親的河》，頁32。

聽到之後擺渡過來。為此，作家一行人足足等了一個多鐘頭才等到對方將竹筏渡過來。這顯然不是個文明的交通工具，也不是個便利的載渡方法，但是棲居深山，這樣的生活方式是讓作家讚嘆的。「文明似乎到此為止」[12]，余光中這句話正是對「隔水呼渡」最明白的註解。

從這些例證，我們發現一種評價隱然成形——當作家們從反面認識空間位移概念的時候，常常帶有懷舊的情懷：「香港的火車電氣化之後，大家坐在冷靜如冰箱的車廂裡，忽然又懷起古來，隱隱覺得從前的黑頭老火車，曳著煤煙而且重重嘆氣的那種，古拙剛愎之中仍不失可親的味道」[13]。火車電氣化是現代化的現象，那能讓交通運輸更為便捷與安全。大家坐在火車裡顯得冷靜，似乎也意味著秩序的產生。然而大家卻懷念起從前的老火車，因為裡頭人聲鼎沸，往來雜沓的情況，幾乎就是在地文化的縮影。

如果所有的作家的寫作呈現的都是這種單一的趨向：前現代與現代意味著美好的過去與醜陋的現在。這必定是個無趣而單調的議題，很難激起讀者更多元的閱讀與思考。同樣面對緩慢位移的狀況，有別於上述的懷舊心情，在某些作家筆下顯現的則是呈現出「落後」與「不文明」的景象：

> 離開機場，島上有一種未開發完善的荒涼感。整條公路都是沙石路，會車時飛塵滿天，得急急關窗，且是那種手搖式的，開開關關久了倒也有些不耐，有時我懶得關，想就讓灰塵沾滿身吧。那少婦就會急急用手比著，並且用著簡單的字彙說著：「Sand！Sand！」沙！沙[14]！

---

[12] 余光中：〈隔水呼渡〉，《隔水呼渡》（台北：九歌，1990），頁 18。

[13] 余光中：〈記憶像鐵軌一樣長〉，《記憶像鐵軌一樣長》，頁 140。

[14] 鍾文音：《遠逝的芬芳》（台北：星月書房，2001），頁 80。

> 沒有柏油路，沙路、碎石子路是造成灰塵和顛簸的主因。好
> 在大半天裡交會而過的車子不算多，有時也可好整以暇地望
> 著南太平洋的海[15]。

> 我們一共花了一整天以及一個上午的時間才開車抵達這個
> 令人「聞之喪膽」的巴維縣，一路上因連年戰火失修的馬路
> 顛簸得很厲害，黃土漫飛，大大小小的坑洞使我們的車身不
> 時呈四十五度傾斜前進[16]。

這三段文字描述的地點都不同，第一段是描寫南太平洋的馬奇斯群
島，第二段是斐濟，第三段是師瓊瑜描寫柬埔寨的巴維縣。若要做
簡單的區分，可以發現前兩段鍾文音所描寫的地點是觀光勝地，而
柬埔寨則是戰火流離的場景。儘管作者一開始描寫的動機不同，我
們還是能夠清楚看到她們對於當地道路原始殘破所進行的描寫。黃
埃散漫與路途顛簸是這些地方道路失修最直接的觀察，沒有便捷的
道路，自然會影響交通運輸的便捷與順暢。無論是南太平洋群島或
柬埔寨，在作家的筆下都處於尚未完善開發的狀態。

　　雖然我們嘗試從這些片段窺視作者筆下某些地方的現代性發
展，但那畢竟不是作者致力描寫的主要對象，所以收穫不大；反倒
是師瓊瑜在〈我的希臘生活，才要開始〉一系列創作中，很有意識
地顛覆我們對於希臘或愛琴海的浪漫想像，這當中所涉及的相關描
寫，無論是在文字經營或內容涵義上，都能提供較活潑多元的視
野。師瓊瑜原本是要前往克里特島，然而所有的旅館與班機都已經
被訂滿了，於是臨時決定改往羅德島。在作者的想法裡，許多英國
民眾要擺脫拘僅刻板的生活方式，因此特別喜歡向愛琴海熱烈的陽

---

[15]　鍾文音：〈昨日今日皆在同一天〉，《永遠的橄欖樹》，頁 240。
[16]　師瓊瑜：〈亞盟〉，《離家出走》（台北：平安文化，1995），頁 123-124。

光報到。師瓊瑜本人從倫敦前往希臘，也因為是嚮往身處美麗沙灘、歷史悠久的古蹟、傳統的村落。然而，從作者的描述看來，所謂「天空非常希臘」的希臘，好像不是她夢想的希臘：

> 第二天我還是決定坐公車到羅德城裡去，左等右等公車終於來了之後，我的媽啊，他不只擠得像沙丁魚罐頭般，公車老舊得更像是處處可見的古蹟遺址！噗噗噗，噗噗噗！它的確還能走，但是在懸崖峭壁高低起伏的險峻公路上行駛，每個外來遊客包括我，全都心驚膽跳地抓緊扶桿扶手，深怕一個不小心就從無法適當開闔的窗戶，咻地一聲甩出去掉到湛藍的愛琴海裡[17]。

如果從時空壓縮的條件來看待羅德島的交通，顯然是不夠現代的。畢竟等上許久才來了一輛公車，不但人滿為患，而且破舊不堪。試想，同樣的場景假設是描寫台灣的鄉村，也許在林文義的筆下所呈現的公車不是「公車老舊得更像是處處可見的古蹟遺址」，而是致力描寫拙樸可親的特點。這個感受上的落差，正顯示出創作者站在不同的價值座標，據此審視他所看到的現象，會有不同的評斷。同樣可以被解讀於不夠現代的地方，有人抱持著懷想，有人則是顯示嘲弄與不耐：

> 不管是遲到的飛機，遲到的公車，或是一隻腳懸在車門外還會高聲唱歌不怕引起乘客危險的公車司機，橫衝亂撞開著賓士車呼嘯而來呼嘯而去的計程車司機，……，我終於理解了一種可能通行無阻在此地大行其道的「不在乎哲學」，這是一個如何無法嚴肅以對大小事物的國度啊？！[18]

---

[17]　師瓊瑜：〈我的希臘生活，才要開始〉，《寂靜之聲》（台北：聯合文學，2005），頁 112。
[18]　師瓊瑜：〈遺忘愛琴海的記憶〉，《寂靜之聲》，頁 146。

當作者試圖歸納出在這個國度大行其道的「不在乎哲學」時，我們必須了解作者是以在英國的生活方式作為比較。所謂的不在乎，是對比英國生活的拘謹與刻板。這或許與民族性有關，但真正弔詭的是，當師瓊瑜想離開倫敦那樣有條不紊的生活步調，渴望著「美麗」、「傳統」、「歷史悠久」的希臘生活時，或許就避免不了在這「美麗」、「傳統」、「歷史悠久」的諸多形容詞，可能與她無法棄守的便捷生活有某種程度上的衝突。

與其像鍾文音煞有其事地寫到：「她忘了這些島才是當地人的帝國」[19]，倒不如像師瓊瑜這樣誠實地把自己的厭煩甚至是嘲弄表達出來：「我們的吉普車繼續奔馳在黃土路上，約翰戲稱它是島上的高速公路」[20]。當然這不是惡意的歧視或嘲笑，但是當黃土路與高速公路作為一種比擬時，其中的對比與諷刺，就可看出那是不同於對前現代情境的懷想，或非文明生活的嚮往。

像這種不文明或是不現代的生活描述，有時候則巧妙顯示了當地獨有的生活模式。師瓊瑜描述在柬埔寨金邊通往馬德旺的國道上，經過了一段兩旁站滿潑水人群的道路。起初作者納悶這些每隔

---

[19] 鍾文音在莫里亞島打算寄送大鼓回家，卻因為不懂法文，必須藉由一位法國女郎的中介翻譯，鍾文音寫到：「這時連法國女郎都大喊受不了。『在巴黎，兩下就搞定了。這裡一切都好，就是每一件事都太慢了。他們只能一件事一件事慢慢來，如果你不快作決定他們就不會給你建議和移動的。』她說。末尾她還強調了 They never move 他們從不移動」。鍾文音則繼續評論：「法國女郎身上帶著一股殖民者不自覺的高傲，又因不自覺更顯得態度的理所當然。她忘了這些島才是當地人的帝國」看來鍾文音似乎是站在旁觀的立場進行評論，不過細心一點就會發現，從文章前後的脈絡讀來，鍾文音在評價法國女郎的同時，並沒有自覺到她自己也是面對這種處理事情的態度感到不耐的。不然不會寫：「我們在郵局花了近五十分鐘『才』搞定寄一樣東西」或是「這時『連』法國女郎都大喊受不了」。鍾文音：《遠逝的芬芳》，頁 140-141。

[20] 師瓊瑜：〈一種野趣──袋鼠島〉，《寂靜之聲》，頁 152。

一個間距就排排站的人民為何要在炎熱的烈陽下，又是潑水，又是填土，原來等車子停下後，那些填土潑水的人紛紛奔到車子旁，討取獎賞——

> 不過聽說一開始，填土潑水的人們真的是擔心路況太壞，來往的車禍會因而顛覆，而自願幹起這差事，但因為有一些外來客被這樣的義行感動，留下了感激的錢，於其他的人紛紛起而仿效[21]。

單就殘破的道路來說，它是有礙於空間位移。但是從作者帶領我們閱讀那些乞民沿途討取金錢的生活模樣，除了能夠將這些貧民與顛簸的道路同樣指涉為不現代外，我們對於這沿街潑水的人們的理解又更深一層。

第二節　移動的位階

暫時撇開評價不談，從上一節的論述中，我們似乎能夠據以描摹出一個二元對立的架構：「快速位移 vs.緩慢位移」／「現代 vs. 前現代」。但是細心的讀者或許已經發現，這個二元對立的架構是不穩固的。無論從「現代」或「快速位移」的概念來談，這都是存在於相對性的框架之下。從林文義對東港火車站的描寫，雖說呈現了一種原始樸素的氛圍，然而既然是火車——具有快速空間位移的特性，則現代性當然存在其中，端看我們要怎麼去理解它。正如作家那樣回顧歷史時所言：「一八九五年，日本帝國收台灣為屬地，五年暫平抗爭的台灣人，開始以現代化的模式建設島嶼，新的縱貫

---

[21] 師瓊瑜：〈三種乞丐〉，《離家出走》，頁 199。

鐵到改由艋舺、板橋、樹林接續桃園舊有鐵道，逐年開拓往南，直達高雄」[22]。日據時期對台的建設，不正也是涵蓋在所謂「現代化」的大纛下。而當作者下筆為文的當時，那些所謂新的舊的火車，卻都駛入了歷史的陳蹟：「老火車頭靜靜的站在那棟鐵皮屋裡，那是公園一個寂寞的角落」[23]、「古老、雄渾的運材蒸氣火車頭，如今有的送進鐵路博物館，有的被遊樂區買去妝點懷舊的氛圍，更多的是被棄置，風吹雨淋，腐朽繡蝕」[24]。日據時期以現代化的方式營建新火車，取代了舊有的列車；當初的現代新火車，而今又形同歷史的疊影，用以妝點懷舊的氛圍。我們看到的是新舊之間的遞迭，譜出現代性的位階。

　　從劉銘傳的老火車到散文家筆下的書寫，時間差距拉大，讓我們重新掉入了以時間思考現代性的習慣中。現代性的位階並非只能對比不同時空的歷史情境，在相同的時空下，這樣的片段往往更堪咀嚼：

> 第一月台永遠是南下的行程。第二月台是往短程的南下平快、普通列車。第三月台是往基隆、宜蘭縣。第四月台是蘇澳、花蓮、臺東。第五月台有時是讓北上的列車泊站。第六月台則已經算是後火車站的大部分了，第六月台似乎永遠是那般悠悠閒閒，什麼步調都是慢上一拍的；第六月台是北淡線，往北投、淡水方面的老式列車[25]。

這是林文義描寫自己買月台票，從前站散步到後站，從天橋上俯看的內容。從第一月台開始細數，依照那腳步的方向，不同的列車開

[22] 林文義：〈鐵道彷彿依稀〉，《母親的河》，頁 95。
[23] 林文義：〈公園的黃昏〉，《寂靜的航道》，頁 213。
[24] 林文義：〈冷杉林〉，《幸福在他方》（台北：印刻，2006），頁 90。
[25] 林文義：〈月台票〉，《寂靜的航道》（台北：九歌，1985），頁 41-42。

往不同的地方。值得矚目的在於對第六月台的關注，強調那「悠悠閒閒，什麼步調都是慢上一拍的」第六月台，立即與前五個月台的列車成為映襯。這些列車同樣能夠將旅客帶往遠方，但是卻有新舊等級的差異。第六月台的北淡線，是作家情有獨鍾的一段。然而這段能夠帶著作家一路晃蕩到淡水的鐵路，也漸漸地不現代了。從〈鐵道向海〉開頭：「據說，有人在協議拆除古老的北淡線鐵道[26]」到〈廢棄的鐵道〉的結尾：「什麼時候，北淡線已不復記憶？[27]」，在在訴說了作家對於這段鐵路要被拆除的不捨。

除了鐵道，不捨的還另有他物。「我一直很喜愛選擇北淡線的方向，讓客運車或是那種至今仍未電器化的鐵路列車，來到竹圍或是再遠一點的淡水鎮……關渡大橋完成之後，那種小小的輪渡可能就會被迫停駛了吧？[28]」相對於當時即將完成的關渡大橋，作者顯然擔心渡船沒有相對的便利性而遭到淘汰。這樣的提問當然也顯示了他的惋惜與無奈。實際上，渡輪雖然沒有完全消失，卻不過成為觀光客遊歷淡水時的一種體驗與消費。收入在《寂靜的航道》內的〈舢舨〉敘述作者在淡水遇到一位老阿伯，看他在拿著漁網在河裡撈魚，幾次下來卻是徒勞無功：

> 我遞了一根煙過去，並且為他點上火。他吸了一大口煙，並且洩憤似的將煙霧猛烈吐了出來：駛伊娘咧！我今天遇到鬼了？不然怎麼會這麼衰？我微笑的安慰他說算了吧，沒有就算了。他頹喪的在一艘玻璃纖維造的小船邊坐了下來，竟長

---

[26] 林文義：〈鐵道向海〉，《無言歌》（台北：九歌，1988），頁 129。

[27] 林文義：〈廢棄的鐵道〉，《家園·福爾摩沙》（台北：自立報系，1989），頁 59。

[28] 林文義：〈水筆仔之鄉〉，《從淡水河出發》（台北：光復書局，1988），頁 128。

> 長、幽幽的歎了口氣：算了？少年仔，你以為阿伯仔我，是
> 在捉魚仔消遣的否？我是在顧三頓啊！從對岸來的渡輪已
> 經靠岸，上來了許多年輕而衣著新穎的男女，有的騎著越野
> 機車，笑語盈滿岸邊[29]。

這是段相當出色的描寫。除了從簡單的對話中顯示出老伯的神態，
也點出作者的安慰中的無知與老伯生活的困頓。最後突接靠岸的渡
輪，上面衣著新穎的男男女女，以及越野摩托車……，盈滿河岸的
笑語對比出老伯深深沉沉的嘆息，作者什麼也沒有說，卻把意思表
達得淋漓盡致。從這片段小小的結尾，我們看到渡輪成為觀光遊歷
的載具，而現實的漁民卻是連個舢舨都買不起。這時候我們可以明
顯感覺到越野機車與觀光化的渡輪是一種對比的位階，而渡輪與舢
舨也是種對比。

　　小漁民依賴舢舨就近捕魚，對他們來說舢舨是個討生活的工
具，別說是那連舢舨都買不起的阿伯，舢舨本身也會遭受因為環境
變遷而遭受淘汰：「淡水河與基隆河交界之處，不見任何舟楫，看
到幾艘舨版，卻已經離開了河流很久了，它們朽舊的被廢棄在岸
邊，船底破裂了，河水流進來，退去時，有些水流在裏頭，並且逐
漸壞死，有些菌絲、蟲類開始滋生」[30]。舢舨之所以被廢棄，主要
原因乃是現代工業化帶來的河川污染，致使漁民無法依水而生，舢
舨當然也就無用武之地了。這固然是工業化的造成的後果，也顯示
出所謂的現代化在不同的群眾生活上發酵得程度不一。然而，舢舨
被廢棄也有另外一種可能是漁港更新的結果，使得原本沿岸捕魚為
業的聚落產生某些變化：「很久沒有見到漁港內出航的景象，據說，

---

[29] 林文義：〈舢舨〉，《寂靜的航道》，頁 105。
[30] 林文義：〈堤岸之冬〉，《北緯 23.5 度》（台北：寶瓶，2002），頁 110。

很多漁船都已遷移到新漁港去了，那裡水深並且配備十分完整；淡水的漁船們終於有了另一處新的庇護。舊漁港淤淺，留下幾艘破舊的漁船擱淺在退潮後，有些潮濕的泥土上；可能，它們永遠不會再出航，那般疲倦的模樣，等待朽舊並且被全然的棄置。曾經航行過浩瀚寬廣的海域，看過碧水一線的天涯，所有被棄置在漁港裡的漁船，都是老去的英雄」[31]。漁港的現代化更新，也彰顯了新、舊漁港現代性的位階。明明知道新漁港具有更高的使用價值，但是對於舊的、老的、原有的漁港畢竟有著不捨之情。無獨有偶，張讓的〈江水九折〉也描述到類似的情況：

> 桃園中正機場未建之前，松山機場是一個繁華新奇的地方。……中正機場較松山機場寬大而明亮，父親以前帶她觀看的飛機如今要帶她離去。當年巴士中的小女孩如今坐在巨型波音747的腹中，再一次感覺到那興奮與悲傷的割裂[32]。

松山機場是一個繁華新奇的地方，意味著在許多人的心中，那是個現代的場所。但是這個現代的場所之所以能有現代感，是涵蓋在一個條件子句「桃園中正機場未建之前」。中正機場建立之後，比松山機場來得寬大而明亮。儼然，這中正機場的出現，在張讓的心中並沒有成為一個緬懷松山機場的原因。當年父親帶她去那個繁華新奇的松山機場看飛機，一兩次之後，她便覺得無聊。反而是在嶄新的中正機場，搭乘波音七四七準備出國留學時，反而感受到興奮。

　　有時候我們也會把「現代」理解為「進步」。在這種理解之下，因為現代性的位階落實在這些交通載具上，有的就不單單是對新的渴望與對舊的緬懷。那可能有更直接的價值判斷：

---

[31]　林文義：〈漁港出航〉，《無言歌》，頁173。
[32]　張讓：〈江水九折〉，《當風吹過想像的平原》（台北：爾雅，1991），頁70-71。

> 華航客機快速的呼嘯前進，機首一抬，飛向雲端。而後面那
> 架顯得十分老舊的航機調轉機首，準備加速滑行時，我終於
> 看清楚機身上端航空公司的中英文名稱：中國民航[33]。

這是作家在香港啟德機場之所見。仔細看文字的描述，華航客機「快速」「呼嘯」前進，對比出後面那架「十分老舊」的航機。隨著作者對於這航機調轉機頭、準備加速飛行的連續描寫，讀者似乎也親臨現場，然後筆鋒一轉，不是談那飛機如何衝向雲端，而是似有若無地點出航空公司的名稱：中國民航。華航立刻和中國民航成為對比，新與舊、優與劣。並且若有感慨地說：隔著海峽兩岸，在遙遠的海外，連中國人都陌生了[34]。如果空間位移的迅速意味了現代性的強度，現代性的位階又展現出優劣的評比，那麼在這短短的片段中，我們看到的是海峽兩岸的比較。只是，足以代表台灣的華航，並不是到處都站在上層位階。一九九四年，發生名古屋空難，墜毀在日本名古屋的正是華航客機。朋友的未婚妻在這次意外中罹難，抱持著無奈與悲痛，作家看著實況報導時，有著令人唏噓的描述：

> 我坐在晚間新聞的電視機前端，化為灰燼的殘骸仍在燃燒、
> 冒煙；日本人極有效率的分工救難，諷刺的是鏡頭的背景是
> 一架接著一架，他國的飛機依次順利的降落，一如往常[35]。

如果作者逕把「諷刺的是」四個字刪除，這片段的描述會更有張力。因為不需要任何說明，我們都可以看到空難的灰燼與背後一如往常的班機成為強烈的對比。兩相對照，或許感慨，或許遺憾，或許憤

---

33 林文義：〈褪色的明珠〉，《寂靜的航道》，頁 161。
34 林文義：〈褪色的明珠〉，《寂靜的航道》，頁 162。
35 林文義：〈名古屋等我〉，《港，是情人的追憶》（台北：九歌，1995），
   頁 94。

怒，無論如何，這都顯示了華航班機與他國飛機之間的優劣差別。四年後大園空難，作家寫到：「台灣的一九九八年二月十六日晚間八時五分，桃園國際機場的塔台用力喊著：華航，你要不要重飛？話未說完，跑道末端圍牆外的濱海公路爆炸的火光以及沉甸的響聲……。台灣人，開始尋找各種理由來原諒自己……交通部長喜不自勝的說：我們的救難行動比起四年前日本名古屋華航失事日方的救難毫不遜色」[36]，批判的語氣則顯得更為直接而不保留了。

我們也必須注意到，在某個地方，隨著發展的演變，現代性的位階是移動的，而在不同的地區之方，現代性呈現的位階也可能在當地歷史情境下有不同的呈現。余光中就曾寫到：「美國是汽車王國，火車並不講究。去芝加哥的老式火車頗有十九世紀遺風，坐起來實在不大舒服」[37]、「美國火車經常誤點，真是惡名昭彰。我在美國下決心學開汽車，完全是給老爺火車激發出來的」[38]。由此看來，我們並不能很呆板地認為某種交通工具必然比另一種交通工具便更為現代，這也似乎提醒我們，從空間位移討論現代性的呈現，有著比文學文本呈現更曲折而複雜的關係。

第三節　反思現代性

「將現代化理解為『進步』，即代表社會與有問題的過去徹底了斷，並採取必要的行動以迎向更美好的未來」[39]。Miles Ogborn

---

[36] 林文義：〈嬰孩的一九九八年〉，《手記描寫一種情色》（台北：聯合文學，2000），頁 167。
[37] 余光中：〈記憶像鐵軌一樣長〉，《記憶像鐵軌一樣長》，頁 133。
[38] 余光中：〈記憶像鐵軌一樣長〉，《記憶像鐵軌一樣長》，頁 134。
[39] Miles Ogborn 著，余佳玲譯：〈現代性與現代化〉，收入《人文地理概論》，

在討論現代性時，提出了某些學者對於現代化與現代性的看法。從華航與中國民航，以及他國班機在名古屋起降時與華航產生的對比看來，這其中隱然存有優劣的判斷。然而，真正曲折的，在於我們無法那麼單純地將現代化等同於進步與美好。現代化或現代性，時常會帶來許多始料未及的後遺症。所以，Miles Ogborn 也提醒讀者另外一種看待現代性的方式：「將現代化解為『創造性的破壞』，意味了相關改變會非常劇烈並產生動盪，創造新未來總是代表了破壞許多過去及現在的地理與生活方式」[40]。

　　在討論都市書寫的時候，我們曾經談到塞車。作家大多著重在對塞車的現象提出批評，很少有考慮到塞車的真正原因。塞車固然可能因為短時間內交通流量超過道路所能負荷，但是也有可能是因為意外：「通往火車站的十字路口，似乎發生了某種爭執，一部聯營公車撞上一部紅色計程車，兩部受創的車輛就成為十字路口上天然的拒馬，在傾盆的大雨中，兩個司機劍拔弩張的大聲咒罵了起來；……後頭一部拉尖警笛的白色救護車似乎正載送著重病患，卻也動彈不得的被阻塞在繁多的各式車輛中，雨水肆意沖洗著車輛們五顏十色的外殼，救護車頭那盞不斷轉動，紅色的反光片燈號，在濕濡、傾盆的雨中，竟像一灘鮮紅的血漬」[41]。

　　車輛雖然能夠成為快速移動的載具，但也相對具有風險。其實，這些讓我們覺得方便的交通工具，都可能因為不同的原因而妨礙它原本應該的運作。像是「車過漢江的時候，司機將車慢了下來，原來，橋上正有一部推土機，賣力的清除橋上的積雪」[42]，這談的

頁 209。

[40] Miles Ogborn 著，余佳玲譯：〈現代性與現代化〉，收入《人文地理概論》，頁 212。

[41] 林文義：〈雨中行路〉，《寂靜的航道》，頁 182-183。

[42] 林文義：〈北地之雪〉，《寂靜的航道》，頁 138。

是因為道路積雪而造成車輛無法前行；「紐約雪夜，長榮航機在黑暗的大西洋上繞了一個多小時圈子，甘迺迪機場飄雪，所有的航機延誤」[43]，這講的是因為天候關係導致航機在空中盤旋無法降落……。前引的車禍以及嚴重的空難，又何嘗不是這些交通工具本身具有的風險呢？雖說更高的科技某種程度上似乎能夠降低這些風險，但是今天談到這些災害而可能不覺得嚴重，極有可能是不知不覺竟然習慣了：「高速公路，幾乎每天都有碰撞傷亡的信息反而習以為常了，你偶爾會在晚間新聞裡，清楚的看見播報員不小心打了哈欠」[44]。

更高的關懷還不在於如何降低這些載具的風險性，作家所擔憂的是，當我們能夠輕易地搭乘現代性的便車深入到原本到不了的地方時，這意味著強大的現代文明即將帶來劇烈的衝擊：「在登山鐵道尚未完成之前，森林中每一株巨樹都自由的享有它們的陽光及雲氣，森林各處，羚鹿成群奔馳，那是一處樂土，偶爾，高山族的獵人會到來，縱然利箭及斧鉞會造成森林中的流血悲劇，但這畢竟是極少有的現象，鐵道完成了，文明進來了，巨樹一株株被謀殺，被渺小的人類攔腰切折；森林中不再有羚鹿飛躍的身影，倒是在所謂的高山特產店中可以看到它們毛皮所製成的標本，我害怕看到它們那已為玻璃球所替代的眼睛，那麼不真，且含有深深的恨意，似乎是在向自命為萬物之靈的人類作無言的抗議」[45]。鐵道用以登山，便將山林與平地的時空更加收斂兜攏於一塊了。這段描寫依舊是傳統原鄉書寫那種「文明 vs.自然」的二元對立，現代文明對於自然

[43] 林文義：〈尋人〉，《旅行的雲》（台北：聯合文學，1996），頁46。
[44] 林文義：〈尋人〉，《旅行的雲》，頁46。
[45] 林文義：〈雲山高處不勝寒〉，《諦聽，那潮聲》（台北：水芙蓉，1974），頁129-130。

的破壞是老生常談，不足為奇。因空間位移而造成的山林破壞，並不是用一條平板、單調的登山鐵道，足以說明的：

> 水泥廠長長的纜車輸送道，向壯麗的太魯閣要泥土，整座原是翠綠盎然的山巒被切割、挖剔，露出灰白色的傷口，要給人類看，人類不是不看，是裝作沒有看見。巨大的生產線，竟日發出渾濁而低沉的喘聲，好像一個肺部積滿落塵，有嚴重哮喘病的患者喉發出呼吸，水泥一包一包的被輸送出來。巨大高聳，要與山比高的煙囪也把落塵同時輸送給花蓮廣大的天空[46]。

因為工業開發的需要，工廠向太魯閣攫取天然的資產。所謂「纜車輸送道」，就是空間位移的一種形式，節省了人力運送的成本與時間。而這些一包一包輸送出去的水泥，又作為工業化工程的原料，越來越現代的工業技術，研發出來的輸送的方式就越快速，形成可怕的惡性循環。

不只是自然景觀受到了破壞，其實我們也必須意識到，要維持現代化社會的快速位移，必須投入大量的資源，而且還得奉獻非常多的人力。林文義談到一次回台東都蘭探訪中學時期的師長，恰好碰見國中的畢業典禮。台上的師長正在致詞的時候，台下的各個學生身旁都放了一個行囊。作家想當然爾地問：是不是畢業典禮完了，就要去畢業旅行[47]？

> 典禮完畢，我那位多年不見的師長迎了上來，我們熱烈的握手。然後他幽幽的告訴我，大多數畢業的山地學生，馬上就要投入社會生產的工作行列。他指著那些車子，平靜卻感傷

---

[46] 林文義：〈受傷的峽谷〉，《塵緣》（台北：林白出版，1985），頁14。

[47] 林文義：〈旅事〉，《塵緣》，頁198。

的說：待會兒，那些車子就要把孩子們帶到西部的工廠去工
作了[48]。

學生才剛從國中畢業，而且是畢業典禮的當天，校門口即刻停泊了
幾輛大型的遊覽車，準備將這些學生帶到幾百里外的西部平原，加
入社會生產的工作行列。講白了，他們將被送入社會的底層成為生
產線的一環。無論是遊覽車或是生產線本身，都如同那個將水泥一
包包輸送出來的纜車，是將原本深山的部落人力與物力資源向外送
出。這當然是一種現代化社會下發展不均衡的問題，甚至，在這樣
的發展之下，原本安居在部落的原住民，根本沒有任何可以選擇的
餘地，就必須走出部落參與這工業文明的生成。部落即如同那個被
濫踩濫伐的太魯閣一般，傷痕累累。

　　不只是原住民部落，現代化文明不斷講求時空壓縮的成果，一
定會在空間拓展這方面盡很大的努力，但是在這情況下，必然會有
某些人的利益犧牲：「一九八四年六月三十日，靠近蘆洲、五股濱
河的洲後村成為歷史名詞。數以百計，象徵威權的鎮暴警察，護衛
著咆哮、巨大的怪手，猛烈而粗暴的強行拆除有著兩百多年歷史的
村落，架離所有抗拒不走的村民，並且宣稱，二重疏洪道將通過這
片原是瓜果豐沛的沖積扇土地」[49]。疏洪道的開闢一方面是為了解
決洪水氾濫的問題，另外一方面也打通一條寬坦的道路能夠駛車與
停車，帶來更大的便捷，不過這個便捷是必須剷平「州後村」，並
且趕走那些頑抗的村民。也許，從書寫中獲得情緒的釋放以及發出
抗議的訊息，是作家關懷土地唯一的姿態。

48　林文義：〈孤獨的山地〉，《寂靜的航道》，頁116。
49　林文義：〈兩河流域〉，《母親的河》，頁55。

　　從時間壓縮的現象來看現代性與空間位移的關係，可以發現一個弔詭的現象——在越快速的移動中，我們對自己土地的認識越少。不妨先讀一段文字：

> 我們搭著遊覽車作環島之旅，出了台北盆地，沿著縱貫公路南下；所有的大城小鎮，我們都很陌生。那片春耕後的中部平原，西螺大橋下滔滔奔流的河，隨車服務小姐正拿著麥克風，大聲的唱歌，沒有人知道那河的名字。等小姐唱完歌，我們問她，車已過西螺大橋了——大概是大肚溪吧？還是大甲溪？唉，管它的，反正就是一條河嘛。來，輪到那位同學唱歌了？還是說笑話？小姐伸著纖細的蘭花指點人，大家笑鬧相互推辭，沒有人再追問河的名字[50]。

回顧年少一段畢旅的經驗，赫然發現，我們能夠細數中國歷代京城的變遷，能夠背誦遙遠的江河改道幾次，卻沒有辦法認識西螺大橋下的河流，在這樣的教育下，我們對於本土缺乏認識與認同——這是作家大略的本意。如果刻意斷章誤讀，這裡正好提供了一個明顯的圖示：在快速移動的當下，我們對於地方缺乏誠懇踏實的認識，甚至，連指認的能力都匱乏。因此，無論是沿途經過的大城小城、春耕後的平原、西螺大橋下滔滔奔流的河，都讓人覺得陌生。就在那樣嬉笑打鬧下，沒有人再追問河的名字。

　　快速的空間位移，往往意味著走馬看花。師瓊瑜曾經為了將馬祖新聞影帶及時傳送回台灣本島，並趕在晚間新聞的時段播出，不得不犧牲了遊賞的機會：「為了趕飛機，中午過後，便打包行李回台北，這樣的離去多麼的倉皇，邊城的風景我還沒有盡性地享受」[51]。

---

[50] 林文義：〈樓蘭與濁水溪〉，《無言歌》，頁 19。

[51] 師瓊瑜：〈走，到一個島上去〉，《寂靜之聲》，頁 222。

相反地，若想一覽究竟，就必須捨棄時空被壓縮的可能：「午間，我從旅社出來，我想好好的看看這個島嶼。幾輛計程車一直過來招攬生意，我不喜歡那種走馬看花的方式」[52]。不想在舒適的計程車上瞻望蘭嶼的景致，林文義寧願租輛協力車慢慢欣賞。鍾文音也曾因旅遊時，當地觀光局準備了哈雷機車作為遊鎮的工具，讓她感到不習慣：「由於當時記者的身分，南澳旅遊局早已熱心安排了一個騎坐哈雷機車的遊街方式，在盛情且已定妥之下，當時只得為讀者以身試法（方法），實則是有違本性的閒逸」[53]。當師瓊瑜重回到如同第二故鄉的愛爾蘭，「刻意選擇了一種緩慢近似漫遊的方式從倫敦循著陸路及水路前往，為的便是能夠貪婪地將睽違幾年而不時想念的那屬於翡翠之島的種種點滴盡收眼底，並且和過去的記憶接軌」[54]。

　　如果只是單方面在文本中強調以緩慢的移動來認識地方，那麼這樣的思考也未免僵直。因此，當張讓在旅途中描述自己的掙扎，就容易從眾多的文本中跳脫出來：

> 未幾入一小城，房舍儼然，人車來往。我們速度急遽緩了下來，在三十哩至五十哩之間。起初略為好奇，看小城風貌。隨即不耐煩起來。太慢，我們有遠路要走，禁不起這樣耽擱。（我們是急急忙忙的現代人？）但是無法。緩速行經市街，小城景致竟愈見嫣然嫵媚[55]。

不過是旅途中的一個驛站，卻彷彿成為旅行的目的地。雖說這段描述了藉著緩慢的速度來觀看地方小鎮，但是作者也透露了自己的不

---

[52] 林文義：〈島上書〉，《北緯 23.5 度》，頁 90。

[53] 鍾文音：〈當敞篷馬車換上哈雷機車〉，《永遠的橄欖樹》，頁 58。

[54] 師瓊瑜：〈長路漫漫〉，《寂靜之聲》，頁 93。

[55] 張讓：〈八百哩路〉，《當風吹過想像的平原》，頁 31。

耐。必須趕路，卻又被嫵媚的景致吸引，便愈顯掙扎。「打開地圖，那些直線是高速公路，彎來繞去的是小路。好的旅遊指南會告訴你避開直線，走曲線。高速公路以縮小空間換取時間，走小路是以時間換取空間，目的不在到達，而在過程；不在快，而在即興」[56]。張讓這段敘述，正好說明了想切實認識一塊土地，必須避免所處的時空遭受到壓縮。余光中甚至懷想起古人行旅山水的悠然情懷：「古人旅行雖然備嘗舟車辛苦，可是山一程又水一程，不但深入民間，也深入自然。就算是騎馬，對髀肉當然要苦些，卻也看的比較真切。……大凡交通方式愈原始，關山行旅的風塵之感就愈強烈，而旅人的成就感也愈高」[57]。「春風得意馬蹄疾，一日看盡長安花」，孟郊登第之詩，成為「走馬看花」的由來。如果逕自就文字表面的意思，至入現代社會的情境，「走馬看花」恐怕不再適合成為浮光掠影一詞的同義詞了。在余光中的旅行中，走馬看花大概比搭乘飛機或火車都來得堪稱雅事一樁。

　　「現代性不僅預示了形形色色宏偉的解放景觀，不僅帶有不斷自我糾正的擴張的偉大許諾，而且還包括著各種毀滅的可能性」[58]。以空間位移聯繫現代性的發生，我們首要看到的就是地方感的消蝕。從移動主體來說，快速位移缺乏認識地方的機會，對移動的客體而言，地方與地方之間在時空壓縮的情況之下，彼此的連結更為迅速，也就意味著地方的文化特色或自然資源可能會面臨衝擊與破壞。

---

[56] 張讓：〈高速公路和鄉村公路（2）〉，《空間流》（台北：大田，2001），頁 43。

[57] 余光中：〈何以解憂〉，《記憶像鐵軌一樣長》，頁 187。

[58] S.N.Eisenstadt 著，劉鋒譯：〈野蠻主義與現代性：現代性的破壞因素〉，《反思現代性》（北京：三聯書店，2006），頁 67。

結　語

　　本章一開始利用時空壓縮的觀念來綰合現代性與空間位移的關係，經過一番論證，這個問題即被突顯出來：愈現代化的的環境，是否其環境內在時空壓所下所呈現的空間位移就愈快速？

> 難道他們不能在會車時放慢速度嗎？這是我的疑惑。這裡的人除了自然死亡或病死之外，最多的死亡方式就是車禍。[59]

同樣是馬奇斯群島，在鍾文音的筆下同時描寫了塵埃飆飛的荒涼路徑，也同時描寫了當地人開快車的習慣。如果只是線性地認定現代性的發展與位移速度成正向關係，那麼我們必然無法解釋這個文字如何並陳「蠻荒」與「現代」的意象。同樣的，當師瓊瑜筆下的羅德島：「原本我以為只有這台公車老舊不堪，後來看到了更多像古蹟廢墟般冒著濃厚黑煙的公車在島上老牛拖車地行駛，而所有計程車卻都是新穎的昂貴賓士，拉風地呼嘯來呼嘯去」[60]。原來，在破舊的公車噗噗噗噗、噴著黑煙跟蹌前進時，竟有新穎昂貴的賓士計程車，橫衝直撞地呼來嘯去。那麼，我們又要怎麼理解賓士計程車和破舊老公車之間的關係呢？從文本脈絡來看，師瓊瑜要透露的並不是新穎計程車與老舊公車所呈現出的現代性位階（然而我們未必不能這樣解讀），相反地，在她看來橫衝直撞的計程車與老舊的公車同樣的令人感到厭惡。鍾文音筆下的快車與黃土路，也隱然同樣有著一致的批判趨向，並不是相悖或矛盾的。

　　空間位移在成為現代性發展的一個面向之時，兩者之間的關係並不是線性的正向關係。如果取一個模糊的趨勢，這兩者顯然是時空壓

---

[59]　鍾文音：《遠逝的芬芳》，頁 80。
[60]　師瓊瑜：〈我的希臘生活，才要開始〉，《寂靜之聲》，頁 112。

縮下的共生體，但是一個地區現代化到了某個程度，就必須有能力掌
控位移時可能造成的失序狀況。對鍾文音筆下開快車的情景，以及師
瓊瑜批評那橫衝直撞的計程車，都能夠以之與其他更落後的地方對比
出所具備的現代化特色，但是一些外在規範的不確立（交通規則、國
民習慣等），就顯現出這些地方似乎又不夠現代了。那麼相較於鍾、
師二人的描述，什麼情況又夠顯示現代性展現出的規矩呢？余光中的
〈北歐行〉描寫斯德哥爾摩的街景，「屋宇儼整，街道寬闊而清潔，
沒有垃圾，也絕無刺眼的貧民窟──這是北歐國家共有的優點。公共
汽車的班次多，設備好，交通秩序井井有條。商店招牌的文字一律平
平整整，一目了然，入夜更無繽紛的霓虹燈擠眉弄眼，因此交通燈號
也鮮明易識」[61]。這段描述中，「街道寬闊而清潔」、「交通燈號也鮮明
易識」等，都在訴說斯城是個現代化的城市，而這個現代化城市「交
通秩序井井有條」，並說是「開發國家的楷模」。

　　空間位移的速度與現代性發展不但不是線性正比，關鍵的地方
在於我們會為了掌控現代性本身而制定出一系列的規範與要求，而
這些規範落實在空間移動，有時會形成較為曲折的現象：

> 高速公路的時速不是固定的，由當地交通局視雪況來定。有
> 一年，就因沒下雪，窗外陽光普照，交通局於是把時速定為
> 八十。未料卻造成一連串的追撞，原來是地上結冰了。因此
> 日本人說，會開車的人，到了北海道可不一定會開車。像我
> 坐的巴士並沒有在車上加裝鏈條，因為路途有幾個鐘頭，加
> 裝鏈條會把旅客給顛死了。然而司機的技術非常高超，讓我
> 們如履薄冰卻無薄冰之險[62]。

---

[61] 余光中：〈北歐行〉，《記憶像鐵軌一樣長》，頁 208-209。
[62] 鍾文音：〈小樽美麗的運河城〉，《永遠的橄欖樹》，頁 252。

北海道這個例子非常特殊，高速公路結冰影響行車，這是我們在前面談到自然因素有時會破壞空間的位移時談到的。然而前面我們談到的大多是暫時阻絕移動，而這裡顯示的則是因為路況不同，而移動的速度也有所變更。重要的在於，交通局所訂立的時速限制，正是我們所謂現代性的規範之一，但是在北海道的這個例子裡，我們看到的連同規範的本身，都可能在當地特殊情況下有所變異。若說法律規矩是用來規範空間位移所可能造成的問題，那麼當規範自身更需要不斷調整，這也意味著空間位移所可能帶來的好處與後遺症都是處於不確定的狀態。而這也是我們探討空間位移與現代性時，不得不理解到其中曲折且複雜關係。

　　前言提到，「移動」時常是相對於固著於「地方」而言，那麼當「地方」的尺度可大可小，「移動」所涉及的概念也就隨之變化了。本章著重在於從現代性討論空間位移的相關議題，有很大一部分的原因是受到散文文本呈現的結果而作出的篩選。嚴格說來，「空間移動」的概念非常複雜，除了同時涉及的「空間」和「移動」的界義，也關係到了移動的「主體」與「客體」的關係。本章討論的是「移動本身」及其代表的意義，至於在移動的當下，我們又是看到什麼呢？「滇越鐵路與富良江平行，依著橫斷山脈蹲踞的餘勢，江水滾滾向南，車輪鏗鏗向北。也不知道越過多少橋，穿過多少洞。我靠在窗口，看了幾百里的桃花映水，真把人看的眼紅、眼花」[63]，雖然只是很籠統地描述到眼花撩亂的景致，但是關於這種高速的風景，有學者提出討論：「十九世紀所發展出來的鐵路運輸，是促成這種比較動態的凝視之一大功臣。從火車車廂望外看出，窗外的風景就像是一幕幕從畫框快速飛逝的風景畫像，這只是一種『全景式

---

[63]　余光中：〈記憶像鐵軌一樣長〉，《記憶像鐵軌一樣長》，頁130。

感知』（panoramic perception），沒什麼好留戀的，不應該拿筆為它們素描或作畫，更別想用任何方式來留住它們」[64]。這樣的論斷，似乎也隱隱為前面討論到關於快速位移消蝕地方感作出了不同向度的詮釋。

另外，從本章由空間位移與現代性的關聯討論下來，我們會發現絕大多數的時候，作家描述了一種對於現代化的焦慮——這種焦慮可能是焦慮著太過現代，或是不夠現代，而這兩種態度分享呈現出對前現代的一種懷想或嫌棄。但是，有沒有可能存在於超越這兩種態度的更多可能呢？

> 來台之後，與火車更有緣分。什麼快車慢車、山線海線，都有緣在雙軌之上領略，只是從前京滬路上的東西往返，這時變成了縱貫線上的南北來回。滾滾疾轉的風火千輪上，現代哪吒的心情，有時是出發的興奮，有時是回程的慵懶，有時是午情的遐思，有時是夜雨的落寞。大玻璃窗招來豪闊的山水，遠近的城村；窗外的光景不斷，窗內的思緒不絕，真成了情景交融。尤其是在長途，終站尚遠，兩頭都搭不上現實，這是你一切都被動的過渡時期，可以絕對自由地大想心事，任意識亂流[65]。

同樣是面對空間的快速位移，創作主體的差異也會影響作品呈現出來的樣態。余光中的這段文字跳多了眾多文本對於空間位移產生的種種描述，他既不像林文義那種對於現代化抱持著恐慌或質疑的態度，又不像鍾文音、師瓊瑜那樣用反面的方式描述前現代情境的種種不便。對余光中而言，隔水呼渡固然別有風味，但是對於馳騁於

---

[64] John Urry 著，葉浩譯：《觀光客的凝視》（台北：書林，2007），頁 262。
[65] 余光中：〈記憶像鐵軌一樣長〉，《記憶像鐵軌一樣長》，頁 131。

現代風火輪也是適性享受。無論山線海線，快車慢車，都不會展現出他在空間位移中對於現代交通工具的厭惡或恐懼，反而像是「現代哪吒」或是「馬背上的大盜」[66]等相對古典的語境來描繪現代性之下的空間移動，就這個面向來看毋寧是較為稀少而具巧思。

　　其實余光中的〈秦瓊賣馬〉、〈輪轉天下〉、〈記憶像鐵軌一樣長〉諸文從不同的面向表達了空間移動帶給他的快感。〈秦瓊賣馬〉所謂「車性即人性」，可說是對於移動主體（人）有更多描述；〈輪轉天下〉依照時序描寫從小到老交通工具的轉變，整篇文章儼然就是現代性位階的最佳展示；而〈記憶像鐵軌一樣長〉則專門討論搭乘火車的經驗，則可說是同樣的交通工具在不同地區所感受到的不同面貌。然而這些切入的焦點，未必有其他足夠的文本能夠一併形成議題的討論，這也顯示就空間位移此一議題，還有許多可以資以創作的面向並沒有被有意識地開展出來。

---

[66]「執照一到手，便與火車分道揚鑣，從此我騁我的高速路，它敲它的雙鐵軌。不過在高速路旁，偶見迤迤的列車同一方向疾行，那修長而魁尾的體魄，那穩重而剽悍的氣派，尤其是在天高雲遠的西部，仍令我怦然心動。總忍不住要加速去追趕，興奮得像西部片裡馬背上的大盜，直到把它追進了山洞」。余光中：〈記憶像鐵軌一樣長〉，《記憶像鐵軌一樣長》，頁134。

第四章　（潛）意識裡的住宅空間

前　言

回到我們最初降臨的地方，家，承載了我們生活的歸宿。

人文主義地理學對於「家」的界定，它正符合我們日常所悉「家是我們的庇護所」之概念：「人是屬於家的，這種附屬關係的形成是與人類在文化中所習得大量的思維習慣與行為習慣緊密聯繫的。這些習慣很快就自然而然地融進人類的日常生活中，因而它們像是原本就存在似的，是一個人的本質。一個人離開家或熟悉的地方，即使是自願地或短時間地離開，也讓人感到那其實是一種逃避。逗留在虛幻的世界中，少了些壓力，少了些束縛，因而也少了些真實」[1]。「家」的概念往往必須被落實在一個具象的空間領域，也就是「家屋」──「家屋滿足了許多需求：它是自我表達的地方、記憶的容器、遠離外在世界的避風港，是一個繭，讓我們可以在其中接受滋養、卸下武裝」[2]。

家在我們每個人心中，真的如此美好嗎？當性別政治被揭顯之後，赫然發現，對許多女性來說，家是另一個壓迫的所在。「正如傳統上我們鼓勵男人『謀取好生計』，但期待女人『持家』」[3]。畢

---

[1] Tuan, Yi Fu 著，周尚意等譯：《逃避主義》（台北：立緒文化，2006），頁 5。

[2] Clare Cooper Marcus 著，徐詩思譯《家屋，自我的一面鏡子》（台北：張老師，2000），頁 10。「家屋」一詞的使用，在社會或建築領域頗為習慣。依照中文語言慣例，以名詞修飾名詞者，前者表示後者的性質。家屋一詞具體的涵意則指涉為被賦予有「家園」概念的「屋舍」。前者指向歸屬感的建立，後者指向具體的空間領域。

[3] Linda McDowell 著，徐苔玲等譯：《性別、認同與地方》（台北：群學，2006），

恆達也指出，「即使在家中，婦女仍然要遵守一套男性所訂定的生活規範，接受男性的權威與控制……，這種控制展現在每天的家庭生活之中，女性感受到的是無時不在的束縛」[4]。

　　由此，我們可以看粗略看對於「家」的兩大論述。其一，基於生活歸屬感的面向大談家庭給予每個人的保護，以及我們對於家具備的渴慕。其次，則是從性別意識的角度，揭露家庭歸屬感的背後，是靠著不平等的性別待遇而維持的。當我們陶醉於《空間詩學》所展現的「幸福空間」論述，卻可能變成只關心家的想像，而忽略家的生產與維持[5]。本章，藉著這兩大進路來分析散文中的住宅空間。第一節從傳統人文主義的角度探究「家」所展現的歸屬感，並分析我們如何追尋「遮風避雨」的家。第二節則從性別地理著手，來討論要維持一個足以「遮風避雨」的家，是需要什麼人付出什麼代價。這兩大進路並陳，也正好作為一個辯證的連結，提供我們對於「家」有更多元的思考。當我們閱讀創作者的書寫時，也能一窺她們對於「家」的概念，是否存在著衝突、矛盾與掙扎。

第一節　歸屬感的渴望與索求

　　在陰暗和幽涼的室內，在我們乾淨而舒爽的大床上，我一個人伸展著四肢，靜靜地微笑著。把臉貼近他的枕頭，呼吸著

頁 100。

[4] 畢恆達：〈家，不是我的避風港〉，《空間就是性別》（台北：心靈工坊，2004），頁 86。

[5] 詳見 Linda McDowell：《性別、認同與地方》，頁 98-100。畢恆達：〈家的想像與性別差異〉，Gaston Bachelard 著，龔卓軍譯：《空間詩學》（台北：張老師文化，2003），頁 12-19。

我最熟悉的氣息，枕頭套的布料細而光滑，觸到我的臉頰上有一種很舒服的涼意。這是我的家，我的親人，我熱烈的愛著的生命和生活。[6]

這段家庭生活的描述，讀來既熟悉又陌生。熟悉的是（席慕蓉筆下的）家居生活，與我們從小從兒歌、童話、溫馨的家庭劇所看到的彷彿相似，因為一種滿足的心情而當下感到幸福，這種描述，甚至能啟迪那些不知足的心靈；然而，這樣的居家生活描寫，在當代散文創作文本中，卻十分少見，所以讀起來特別陌生。那滿室的寧靜，溫暖的光線，時間柔和地流過的居家生活，似乎是許多人的想望。這樣的夢想，總是可望而不可及，所以嫁入澎湖灣的周芬伶還得〈夢入澎湖灣〉：「但願我也能有間向海的屋子，坐在屋子裡便能看到海，浪聲會輕輕搖我入眠。我將把屋子收拾得很乾淨很明亮，讓陽光進來，月光進來……」[7]。

我們慣於擷取生活美好的片段，脫離現實的束縛，然後以悠閒的心情瞻仰凝望，期待擁有溫暖安全的家居生活。倘若眼前硬是無法達到那樣的想像，我們便將夢想向後推遲，作為一種慰勞。像是周芬伶那般「選中幾間老房子，偷偷地做起隱逸之夢」[8]。在這些文章中，周芬伶所想望的「房屋」，不單純是一個建築物體，它實際上必須包含了「家」的意義，也就是所謂的「家屋」：「我們的家屋就是我們的人世一隅。許多人都說過，家屋就是我們的第一個宇宙，而且完全符合宇宙這個詞的各種意義。假如我們用貼身親近之眼來看，最寒愴的陋舍不也有一份美？」Bachelard 論述的詩意空間，在某種個面上來說確實能打動許多人的心。

---

[6]　席慕蓉：〈楓樹下的家〉，《有一首歌》（台北：洪範，1984），頁 14-15。
[7]　周芬伶：〈夢入澎湖灣〉，《花房之歌》（台北：九歌，1989），頁 26。
[8]　周芬伶：〈桌上的夢想家〉，《絕美》（台北：九歌，1995），頁 25。

　　這既詩意又美麗的幸福空間論述，也只說了一半。學者自可擷取他所想要論述的樣本，但實際的空間型態卻不只是 Bachelard 所說的那樣。以周芬伶來說，對老家房屋破舊的不耐，是周芬伶渴望「房屋」的原因。在〈尋常人家〉裡詳細敘說了老家破舊的狀況，而終至面臨拆建的命運：

> 老房子有內容，藏汙納垢的地方也很多，最可怕的是柴房和豬舍，陰森污穢如地府。……後來房子實在太破舊，天花板上不知窩了多少老鼠，……雨季來臨，雨水夾著塵泥，從天花板上滲漏下來，牆壁濕了又乾，乾了又濕，黴了一大塊，景象狼狽得很。[9]

陋室寒愴，在周芬伶的筆下一點也不美。她花了不少篇幅描述老屋子破舊骯髒的情況，加上小孩長大不敷使用，終於決定拆建。自前清時代落成的老屋決定要拆建，在作者的眼裡卻沒有任何惋惜的情緒，反而覺得大家都鬆了一口氣：「我們已經厭倦老房子的陰森混亂，巴不得能住西式的樓房」[10]。這強力突顯出作者夢想著有自己的屋子是對於原有老家「硬體」不堪使用而生的厭倦。

　　硬體上的厭舊情結只是表象，真正的關鍵在作者對家庭生活所缺乏的歸屬感，赤裸地投射到這棟舊建築上面。從小成長在大家庭中，大、小祖母的鉤心鬥角，讓作者自小敏銳地感受到家庭氣氛的混亂不和諧，收入《戀物人語》中的〈卿卿入夢〉有一段作者描述對於「老家」不愉悅的感受：「大家庭空間不足卻充塞著敵意，你砍我一刀，我砍你一刀，彼此咬來咬去，真是個蛇窩呀！」[11]在

---

[9]　周芬伶：〈尋常人家〉，《花房之歌》，頁 57-59。

[10]　周芬伶：〈尋常人家〉，《花房之歌》，頁 59。

[11]　周芬伶：〈卿卿入夢〉，《戀物人語》（台北：九歌出版社，2000），頁 111。

情感歸宿上，「家」該是一個多麼至親的地方，卻被作者以「蛇窩」喻之，當作者回顧大家庭中親人彼此爭奪的情況時，這些血緣至親彷彿全成了冷血的動物。在蛇窩般的老家得不到和諧的情感，作者遂將此投射在對於家園渴望下，因此對於家屋產生夢囈式的幻想。

　　夢想是無邊無際、天馬行空的，夢想若要成真，必定要受到諸多現實因素的檢驗。無論周芬伶渴望的房屋款式再多、再豐富，希冀居住的環境再怎麼浪漫優美，一旦落實在生活上，夢想禁不起現實的磨難，便會出現因為夢想幻滅而產生的痛苦。如前所述，對於「家園」的渴望是由「建築硬體」與「情感歸宿」兩方面建構而成，住宅的硬體結構是歸宿感的現實載體，因而夢想之幻滅，也會從這兩個部分產生：

> 我的心真正痛了，怎麼沒有等到我賺夠錢就搶走我的房子呢？走在路上，我不住地發怒，很想找個人評評理，他們總得等等我，那是我將來還鄉的住所呀！[12]

> 又說那樣的房子是要用金子堆起來的，我既沒有錢，在這寸土寸金的世界，你到哪裡找自己的一片土地？於是，這個夢想慢慢變成我的苦惱。[13]

想要擁有房子當然需要充分的財力，沒錢買不起房子，這是非常現實、非常實際的問題。當周芬伶從夢想中自覺，剛開始為心愛的房子被買走而心痛，漸漸地，她便自覺地發現了比心痛更本質的問題：「這個夢想慢慢變成我的苦惱」，她終於了解到夢想成真的可能性太低。

---

[12]　周芬伶：〈桌上的夢想家〉，《絕美》，頁 62。
[13]　周芬伶：〈「說」房子〉，《絕美》，頁 153。

　　現實所造成的痛苦,並非「金錢」的匱乏,周芬伶渴望的不是個生硬的「建築硬體」,而是完整的「家屋」。可惜,她對「家」的渴望一再受到破壞,讓她不得不從夢想中清醒。〈失鄉人〉描述弟弟入獄,父母認為無顏面對親友,便在作者的鼓勵下決定離開家鄉,遷居台中。在替父母尋找新家的初始,周芬伶仍然透露了對於「家屋」夢囈式的渴望:「那一陣子,我的腦海裡盡是新家的藍圖,土地要寬闊,環境要優美,院子種什麼花,房子怎麼蓋,室內如何佈置,這個藍圖太迷人了」[14]。但現實的情況是弟弟入獄,雙親逃難似地搬遷,種種現實的難堪,把作者欣喜的情緒狠狠降溫,遂由興奮轉為沮喪:

> 每一個地點我都能挑出毛病,每幢房子看起來都陌生,我可
> 以找到土地,找到房子,但是,我找不到家。[15]

此時,作者能夠找到的只是房子,那個對於「家」所具有的歸宿感,彷彿隨著弟弟入獄而深鎖囹圄,同時也湮沒在父母悲戚的容顏下。為了避開生長在大家族必須鉤心鬥角的環境,使得作者對於家屋有著更急切的渴望。這或許是周芬伶散文時常出現房屋意象的緣故[16]。實際上,即便是以追求幸福家屋的方向前進,《空間詩學》也提醒了我們:「有時候,未來的家屋跟所有過去的家屋比起來,可能蓋得更結實、更明亮、更寬敞。夢的家屋的意象因而跟兒時的家屋的意象形成對比。……這棟夢中的家屋,可能只是關於所有權的一個夢,這個夢讓我們想把別人心目中所認為方便、舒服、健康、結實,甚而令人想望的所有事物都把它聚合在一起」[17]。

---

[14] 周芬伶:〈失鄉人〉,《花房之歌》,頁 44。
[15] 周芬伶:〈失鄉人〉,《花房之歌》,頁 45。
[16] 關於周芬伶的相關論述,請參閱陳伯軒:〈論周芬伶散文中房屋意象的雙重涵義〉,《東方人文學誌》第 5 卷 1 期(2006 年 3 月),頁 337-354。
[17] Gaston Bachelard:《空間詩學》,頁 131。

　　說起來，周芬伶確實不斷寄望著未來家屋跟兒時的家屋作一大對比，但是這樣熱切的渴望卻是很難達成的：「或許讓我們心裡保有一些以後將要進住的家屋之夢，是一件好事情；但永遠是以後，那麼的以後，而其實我們沒有時間來實現它。一棟家屋會成為最後的家屋，跟我們所誕生的家屋相對稱，它會導引我們產生一種沉重的、悲傷的想法，而不是夢境」[18]。無論是房屋的硬體，或是屋內生活所營造那能讓疲憊的心靈得到休憩的歸屬感，其實常常是，不斷被我們向後推遲，成為遙遠的夢想。以此，再來重新審視開頭席慕蓉描寫的那樣寧靜安祥的幸福生活時，我們會發現那樣的片段固然能夠存在；但是那種歸屬與幸福，實在難保永恆不變。

　　因為童年家屋的不完美，使得周芬伶對於家屋的追求十分強烈，卻不是每個人都如此必須如此悲慘地與童年的住屋對話。在一般的情況下，童年的家屋往往成為一個人此後反覆追憶的樣本，那是我們對於自主空間的啟蒙點。Clare Cooper Marcus 在《家屋，自我的一面鏡子》中談到人類進入的童年早期，便會開始探索自己所佔有的空間，漸漸地，甚至進而探索起在家庭保護之外的世界，「成長的過程，部分即繫於學習如何不再需要父母，一點一滴地離開他們保護的臂彎與關心的視線，並學習在環境中『非家』的區域內考察自己。透過環境中的遊戲與活動，我們遵行著無可避免的分離過程。兒童的方式之一就是創造出屬於自己的『家園以外的家園』」[19]。所謂「家園以外的家園」指的是在原來的家庭之外，藉由孩童的想像或發掘，產生一個私密空間，並且藉由某些儀式（如扮家家酒的遊戲），探索自主意識與成長空間。家園以外的家園，所顯示的意義在於天真的孩童竟想著要脫離家庭的呵護而建造一個屬於自己

---

[18]　Gaston Bachelard：《空間詩學》，頁 132。
[19]　Clare Cooper Marcus：《家屋，自我的一面鏡子》，頁 37。

的家。這些由孩童們自身建得與探索的秘密基地，通常是由家園延伸而來。林文月撰寫的〈迷園〉是非常典型描寫孩童追求「家園以外的家園」的作品：

> 童心有時很不可思議。雖然自家庭園有草地，一架單槓，一個砂坑，和一雙鞦韆，可供戲耍；但還是嚮往著籬笆外頭的世界。既然父母嚴禁我們任意走出衖堂的鐵門外，那就只好退向衖堂的尾部。我們發現衖堂尾部漸漸荒蕪的盡頭，竟然有一個園子。是一個神秘的園子。[20]

林文月回憶當時上海故宅是新式洋房，與周邊卻只是用細竹編製的竹籬笆隔離。靠近衖堂的部分，因為年久失修竟有些破損。幾個孩子便頑皮趁著長輩不注意，一點一滴從破損的部分拆掉一小部分，於是，他們通往迷園的入口就這樣開啟了。自從洞口變大，每天下課後必定窺探這吸引他們小小心靈的神秘空間，這是孩童們彼此之間的秘密與默契，是成人無法共同分享的空間。迷園園迷，記憶也不復清晰，倒是林文月細緻地揣摩當時走進迷園時懵懂復朦朧的心緒：「其實，剛剛接觸到的景象，與趴在地上看見的並沒有什麼分別；只因為腳踏在別人家的地上，遂有十分異樣的感覺。更興奮、更慌張，而且忐忑不安」、「那種興奮如何解說呢？就像是一幅圖畫忽然變成了實景，而自己竟然就在其間；又像是一場好夢陡醒，卻發現現實與夢境正好吻合著。虛虛實實、實實虛虛」[21]。好奇心引領著孩子們邁步向前，迷園的一花一草都如此新鮮與神奇，彷彿與外面世界有著截然不同自然運作。然而，迷園的屋舍卻給了孩子們恐懼的聯想——那個白色大房子可能是鬼屋！

---

[20] 林文月：〈迷園〉，《作品》（台北：九歌，1993），頁 98。
[21] 林文月：〈迷園〉，《作品》，頁 100、101。

一旦有了那樣子的念頭，立刻感到毛骨悚然。大家急著退出園子。落在後面的較小的孩子，嚇得要哭出來，我們較大的趕緊摀住那小嘴巴，唯恐連累到大家。風也涼了，花朵也不再鮮明了。我們手腳發軟地，一個接著一個，快快鑽出園子。出得衖堂，每個人的面龐上、衣褲群擺上，都沾著泥巴，但一點都不好笑。大家鐵青著臉，哆哆嗦嗦各自回家去。[22]

孩童的心理便是如此，「雖然許多童年回憶都跟自己尋得、建造的地點有關，比如家園以外的家園，但大多數人也記得某些令自己害怕的環境；我們返回那兒，逼自己進入，好克服恐懼」[23]。明明可能是鬼怪居住的迷園，卻終究頂著好奇心又再次進入。張讓〈從前〉同樣也是描寫一群孩童探索墳場，膨脹的好奇敵不過恐懼的鬼爪，當一夥人奔下山後，接著她寫到：「鬼故事繼續著，胡琴咿呀，有人唱著悽涼的小調。孩子們散去捉螢火蟲，把人間伸手可及的星辰裝在玻璃罐裡，帶回家。明亮的世界是這樣親切可人，有父母、兄弟、樂聲、爭吵和一切帶生氣的東西：鑽進蚊帳來叮咬的蚊子、田間的蛙鳴、後院的豬」[24]，這些由家園延伸而出的領域，畢竟不能成為真正的家。它的價值有很大的部分是孩童接觸家園以外的世界時，一旦幼小心靈受到傷害、驚嚇，哆哆嗦嗦各自回家去之後，對於家屋作為生活歸屬所在，會有更深刻的體認。

我們的家屋及其內容物，強烈地陳述著我們的身份和生活形態。對於在成長經歷有過不同家屋的人來說，回憶特定某一個屋舍，可能暴露出他對於那個家屋具有特別眷戀、熟悉或是恐懼、厭惡的心理。這種心理投射在家屋上，極有可能是對那特定時期的整

[22] 林文月：〈迷園〉，《作品》，頁 102-103。
[23] Clare Cooper Marcus：《家屋，自我的一面鏡子》，頁 46。
[24] 張讓：〈從前〉，《當風吹過想像的平原》，頁 90。

體反映，不是單純的喜惡。對周芬伶而言，「老家」是與她再三糾纏而揮之不去的惡夢：「我又夢見我們的老家，每次建築的樣式都不同，特徵卻相同，來去都是人堆人垛，房間很多，房子大得離譜，就算這麼多房間還是很擁擠，我找不到自己的床，每張床都睡著人」[25]。擁擠與迫敗，是周芬伶對於老家的唯一印象，這種負面的情緒讓她在書寫的時候只能浮泛地描述，至於老房子內部空間，則往往歪歪曲曲地由夢中呈現。周芬伶對於房子的渴求，有很大一部分正是她對於「家族」歸屬感的失落。相反地，林文月撰寫〈上海故宅〉時，所呈現的則是緬懷與追念。文章描述朋友到大陸旅行，作者戲言：「如果有機會，請代我望一望童年的舊居吧」。沒想到，三十年前的舊居果然在朋友們不同角度的攝影中，躍然重現。特別的是，這些朋友寄給作者的照片，儘管從不同的角度拍攝舊居的外觀，林文月的文筆卻一轉娓娓道來房子內部的空間佈局：飯廳、客廳、「人客間」、「灶下」、洋房、陽台、後園……，一一細數，彷彿身歷其境。「由於心靈很難以抽象的方式捕捉一段光陰，因此，我們習慣透過自己對居住地點的回憶，來與之建立聯繫」[26]。雖然作者也明白：「三十年稱一世，我心中暗忖：如何能無改變呢」[27]，一旦實際造訪故居，伴隨童年成長的家屋之改變，遠非她所能逆料的。

〈回家〉一文記述了林文月造訪江灣路五四〇號的老家，舊居縱然依稀如當年，周遭環境也大不相同了。當年林家匆忙返台，將故宅交給當地一位保安隊長，而今那位隊長與夫人皆已耄耋，引領林文月走進故居：

---

[25] 周芬伶：〈卿卿入夢〉，《戀物人語》，頁 103。

[26] Clare Cooper Marcus：《家屋，自我的一面鏡子》，頁 32。

[27] 林文月：〈上海故宅〉，《午後書房》（台北：九歌，1986），頁 78。

> 從圍牆到大門之間，有鐵皮遮蓋，權充屋頂。小花園被改為
> 堆置雜物的空間。……。昏黃的燈光照現兩間相連的房間。
> 原來的客廳與餐廳，都成了起居之處，床、桌、椅、電視、
> 冰箱等物擁擠地相連著。牆壁已無法辨認是灰色還是白色，
> 霉漬斑駁。[28]

對大多數的人而言，像林文月這樣重返童年故居，自然是一趟情感
波濤洶湧的體驗之旅。客觀環境的變遷對回憶產生巨大的衝擊，無
怪乎林文月急急忙忙折返大門，對這巨大的轉變，是不願，更是不
忍。因其不忍，發之為文。

　　無論是周芬伶缺乏的家庭歸屬感，或是林文月目睹景物全非的
感嘆，就創作當下而言，這些對家屋的追求與追憶，都是必須先能
感之，然後才能寫之。「沒有離過家的人，不會知道家的可貴」[29]，
高大鵬的這說法，正可以成為這些作家書寫家屋時的驅策因素。那
麼，再一次回到開頭，我們自然明白如同席慕蓉描寫的那副寧靜柔
和的生活片段，即使存在，作家感之之餘，本也不易寫之。

第二節 　（女）主人：從家務到家屋

　　林文月的〈上海故宅〉藉由朋友寄來童年舊居的相片，讓記憶
重新遊走了一次故宅。雖然文字顯現出的空間未必能讓讀者身歷情
境，但背後所追憶的人事，卻是林文月溫婉的筆觸擅長處理的題
材。裡頭，有這麼一段話：「我的兩個哥哥都比我年紀大許多。記憶
中，他們似乎不大在家裡住，大哥或許是搬去他就讀的同文書院附
近住，也或許是住在後面衖堂裡父親另建的七幢小洋房之一」[30]。

---

[28] 林文月：〈回家〉，《回首》（台北：洪範，2004），頁81。
[29] 高大鵬：〈家〉，《追尋》（台北：聯合文學，1989），頁81
[30] 林文月：〈上海故宅〉，《午後書房》，頁83。

若不仔細，這樣的描述一晃過眼，似乎也沒有甚可堪留意之處。但根據研究顯示，孩童秘密佔據、成年後緬懷無限的環境，通常是在房屋之外。至於有的人回想的是屋內的空間，這些人較可能是女性，當她們是小女孩的時候，能享有的自由往往比男孩少得多[31]。儘管前述林文月的〈迷園〉不是在房屋之內，但那迷園的發現卻是在被父母禁止外出之下，才無意間在祠堂後發覺的。況且那個由家屋延伸出去的迷園，若非有其他兄長帶領，想來林文月也不可能獨自前往。

儘管 Clare Cooper Marcus 的研究告訴我們，兒童開始探索自己所佔據的空間，自信心越來越強，對外在世界的好奇也越來越大。漸漸地在公園橫衝直撞、玩著從灌木叢後跳出來嚇人的遊戲，以及與小朋友們玩捉迷藏……[32]。當一個小女孩不被允許往外跑的時候，她能在哪裡玩捉迷藏呢？

> 那裡整年窗戶緊閉，光線黯淡，偶爾進去，總覺得有一種神秘而奇異的氣氛。我們用臺語稱它「小房間」，是因為格局較他房為小，而且少許呈低窪的緣故。這個房間是捉迷藏的最理想處。由於東西多而又雜亂，可以藏身的角落特別多。[33]

> 老房子優點也很多，譬如說，你往那裡一躲，包準沒人找得著，尤其是犯了錯，大人尋人責罰時，他一間間找，你一間

---

[31] Clare Cooper Marcus：《家屋，自我的一面鏡子》，頁 39。此處雖然引用 Clare Cooper Marcus 的說法，但這樣的觀念幾乎已經成為了一種常識。Clare Cooper Marcus 在《家屋，自我的一面鏡子》一書的研究中，主要強調的是家屋對於個人主體的影響，在她分析的案例中，有單身、異性戀夫婦、異性戀同居者、同性戀同居者……。她從不特別強調分析案例的性別或性別意識，因為這不是她所要探究的議題。

[32] Clare Cooper Marcus：《家屋，自我的一面鏡子》，頁 37。

[33] 林文月：〈上海故宅〉，《午後書房》，頁 84。

間躲，拿你也沒奈何……我最喜歡躲藏的地方是祖父母的房間……我自己的房間也是躲藏的好所在，那裡光線不足，鎮日陰沉沉的。[34]

在很遠很遠的那個年紀，想起有一次捉迷藏，悄聲地躲進母親的衣櫥裡讓他們找不到。聽他們就在門外搜索，覺得好笑又得意。櫥裡的黑暗替我保護著，就算他們開櫥，也看不見的。漸漸，人聲遠了，只聽見老時鐘滴答地擺著，他們放棄找我，又去玩另一種遊戲。[35]

為什麼這些女作家在回憶兒時捉迷藏的時候，都離不開房間和衣櫃？如果林文月被允許跟哥哥一樣能夠外宿，那麼童年的住屋對她而言，能彰顯的意義恐怕就有限。但是，別說是林文月向來不以操作女性意識為名，即便是上述周芬伶、簡媜的引文，無論在捉迷藏的時候，或是執筆為文的當下，其實都不是以女性主體意識作為寫作的主軸。整個社會體制在性別權力結構不均等的情況下，女性缺乏自主的空間此一事實，經常被一些似是而非的現象遮蓋。不只是享受著絕大部分空間的男性可能不察，連同被幽禁的女性，都可能習以為常。一旦性別政治被揭露，原本看似尋常的空間，實際上糾結了許多複雜的權力角力。這些糾結的問題與現象，出現在散文家的筆下，正是我們需要細心閱讀分析的關鍵。

一、漸漸死去的房間

曾祖母畏光，好多次以巍顫顫的手指遮眼，要求把窗戶僅餘十公分左右的透光地帶糊死。一匹布了遂她的心願，同時也

---

[34] 周芬伶：〈尋常人家〉，《花房之歌》，頁 58。
[35] 簡媜：〈陽光不到的國度〉，《水問》（台北：洪範，2005 年二版），頁 128-129。

完全隔絕月光雨露的探望。她成了一截藏在暗室的朽木，與
死神的爪牙為伍。直到最後，連貓狗都迴避那片灰暗地域，
房間在曾祖母的病情裡漸漸死去。[36]

斗室裡的女性，在陽光不到的角落，漸漸死去。這樣的描寫，
怎麼會如此悚然，又如此熟悉？斗室裡的時間緩慢得幾乎靜止，斗
室裡的人，除了等待，什麼也做不了。這是鍾怡雯的〈漸漸死去的
房間〉，敘述曾祖母重病，窩居暗室，在沒有任何光線的情況下，
認識那個房間，只能依賴氣味。鍾怡雯的這篇作品，嚴格說來，並
沒有強烈的意識要探討性別的問題，作者在文章中展現出人性的矛
盾，渴望著曾祖母趕緊死去的念頭在每個人的心中躁動。但以「漸
漸死去的房間」描述許多女性窩居的角落，卻十分貼切。

「女性缺乏空間」，如果論題是這樣下的，勢必遭惹許多質疑
與非議。很多時候，女性的位置被安置在明顯的空間意象中。古典
文學當那種「可憐無定河邊骨，猶是春閨夢裡人」或是「閨中少婦
不知愁，春日凝妝上翠樓」的情景，恐怕在讀者尚未驚覺，就已將
女性和空間結合在一起，從性別政治來批判閨怨詩，那不難，僵死
的文本甚至已引不起關心此議題的論者霍霍磨刀。

「女性缺乏空間」這個論題之所以容易受到挑戰，是因為在我
們常識性的理解下，忽略了兩大因素。首先，「空間」的概念為何？
不需要做繁複的定義，我們就會發現，絕大數的情況，我們比較有
能力關注「密閉空間」，而不容易意識到「開放空間」。當閣樓、閨
房不斷出現在文本中，我們對於空間概念的認知就自動與女性結合
在一起。鍾文音也曾表示：「童年參加印象最深的一場婚禮是阿姨
的婚禮，我媽媽同父異母的大妹。有很長一段時間我看到她都會聯

---

[36] 鍾怡雯：〈漸漸死去的房間〉，《垂釣睡眠》，頁 174。

想起那個寂靜的晨光，新娘被囚在老厝的房間，等著新郎倌來迎娶」[37]，女性與空間的連結竟然是如此容易而深刻，似乎久久揮之不去。但為什麼「春日凝妝的少婦」非得上「翠樓」，難道她不能冶遊嗎？更重要的是，當我們說「女性缺乏空間」時，必須強調空間的「自主性」。這些被困鎖在密閉空間的女性，是具有自主意識或自主權的嗎？

從小生長在女兒國的周芬伶，寫起家族題材，自然從家族女性開始寫起。這些女性在周芬伶的散文中不斷出現，被重複敘述，成為形象鮮明的典型。在這種女性形象的書寫中，有兩篇文章值得注意，分別是收錄在《絕美》中的〈席夢思與虎姑婆〉與收錄在《花房之歌》的〈舊時月色〉，這兩篇文章都具備了房屋意象，而描寫方式都著重於空間。〈席夢思與虎姑婆〉的主角是五姑婆，又聾又啞，年輕時曾有過戀愛，卻因為家人的極力反對，所以到了四十歲還未結婚。作者對於五姑婆的評論是：「可惜一個如花似玉的人，脾氣變得越來越古怪，喜歡咿咿啞啞罵人和發脾氣，我們都叫她『虎姑婆』」[38]。某一天，五姑婆花了一大筆錢將自己的房間佈置得像新房，雕花梳妝台、古銅花瓶、羅曼蒂克的窗簾、還有作者夢寐以求的席夢思床，接著作者筆鋒一轉，描寫了五姑婆獨處於「新房」的景象：

> 有天晚上，經過她的房間，門剛好沒關，我看到五姑婆在幽異的紅光中，端坐在梳妝台前梳頭，我從沒見過她這麼美過，她似乎被鏡中的自己魅住了，全身不動，只任那隻手緩緩在頭髮上移動。不知怎麼，那個景象令我害怕。[39]

---

[37] 鍾文音：〈紅花開在指尖〉，《美麗的痛苦》（台北：大田，2004），頁 10。

[38] 周芬伶：〈席夢思與虎姑婆〉，《絕美》，頁 62。

[39] 周芬伶：〈席夢思與虎姑婆〉，《絕美》，頁 62。

幽異的紅光固然造成視覺上的譎異，而五姑婆「全身不動，只任那隻手緩緩在頭髮上移動」表示了五姑婆孤賞鏡中人的情形。如同鍾怡雯無意間探視那漸漸死去的房間，周芬伶也是在窺視，五姑婆沒有開口說任何話，也不會有人知道她當時心裡在想什麼，短短一百字的描述，周芬伶成功營造了詭異的氣氛。在這個例子中，五姑婆代表了傳統婦女對於婚姻的渴望，一旦落空，便不符合了社會價值對女性的期待，無論是自己或他人都有可能以異樣的眼光審視。即便是周芬伶自己，對於五姑婆行為的詮釋，也認為她是在為自己佈置「新房」：「我想她所以要如此鄭重地佈置房間，大概要在那紅艷艷的燈光中做一次新娘，最後美麗一次，豪華一次，沒想到卻嫁給了死神」[40]。五姑婆佈置新房期待走入社會體制，但所謂的體制，就連「新房」本身都是對女性的一種嘲諷：「婚姻讓婦女脫離了自己的血親家族系統，正式被納入一個父系家庭中，成為一位外來者，開始斷裂的生涯；而『新房』正是婦女踏入家庭中的第一個空間據點，斷裂生涯的另一個起點。我們都需要一個熟悉的生活空間，即使摸黑，身體還是知道燈的開關在哪裡，抽屜在哪裡。這種身體主體讓我們安心自在。然而當我們換一個新環境的時候，這些親密關係就都失去了」[41]。

按照畢恆達這樣的論述，我們是不是該為五姑婆沒有真正走進新房而感到慶幸？她沒有走入新房，卻把自己的房子佈置得如同新房，社會體制於她而言，根本讓她無所遁逃。五姑婆不久病倒過世，照習俗未出嫁的女子，牌位不能留在家中，只能被寄放在附近的廟中，成了無依無靠的孤魂。生前只能寄居在家，死後只能寄居在廟，五姑婆確實被置入了明確的空間內，但，毫無自主能力。

---

[40] 周芬伶：〈席夢思與虎姑婆〉，《絕美》，頁 63。
[41] 畢恆達：〈紅色的新房〉，《空間就是性別》，頁 86。

　　另一個更重要的例子，則是經常出現在周芬伶散文中的小祖母。祖父為了請大祖母回家主持父親的婚禮，於是協議的結果是小祖母搬出正房，住在一間小屋子裡。在周芬伶的家庭中，大、小祖母的爭奪從未停止，然而小祖母畢竟失勢了，連祖父都不敢再來找小祖母。〈舊時月色〉一文便是專門描述小祖母被冷落的情況，周芬伶花了很大的篇幅去描述小祖母居住的屋子：「那間小屋常令我想到皇宮裡的冷宮，小祖母便是那失寵的妃子。它那樣狹小陰暗，更可怕的是，有一次小祖母梳頭時，床底下居然爬出一條雨傘節來，小祖母嚇得大叫；還好家人及時趕到，蛇又鑽回床底下」[42]。賴以生息的臥房，竟然能夠出現毒蛇，可見居住環境品質之惡劣。就算是連鄰居都議論紛紛，傳聞他們讓小祖母居住在蛇窩，也無法改變小祖母的困境。在周芬伶的心中，小祖母便是個失寵的妃子：

> 我常夜半醒來，看見她側身像著窗口，手裡夾著一根煙，月光灑了她一身銀亮，我看不見她面容，卻感到模模糊糊的悲哀，心裡想著她是不是月裡的嫦娥呢？而這間小屋就像月宮一樣鎖住她的悔恨與寂寞，令她無處脫逃。[43]

小祖母本是鄉里有名的藝旦，卻將自己華美的生活囚禁在失去愛情的小屋，苦苦期待的，是祖父的關心與問候。相對於描寫五姑婆的場景而言，這段描述小祖母的文字更顯得冷冽，缺乏了驚心動魄的詭異，卻多了百無聊賴的悔恨寂寞。作者同樣是以不經意的窺探，同樣是沉默中的場景，同樣是一個毫無自主意識的女性將一生困守在小小的屋子。我們觀看周芬伶所使用的修辭，月宮、嫦娥、冷宮、

---

[42] 周芬伶：〈舊時月色〉，《花房之歌》，頁96。
[43] 周芬伶：〈舊時月色〉，《花房之歌》，頁97。

妃子，拾掇這些古典意象來描繪被空間桎梏的女性，竟是如此理所當然。

　　或許我們正為著現代女性不必再困守在房間內而額手稱慶，作家畢竟寫的是她的祖母輩了，用的又是那麼古典的意象。在這個摩登的年代，誰還堅持著「大門不出、二門不邁」的教條？如果說，傳統古典閨怨意象形構出的空間結構會成為「女性缺乏空間」此一命題的遮掩，那麼，上述的提問，更是一大陷阱。更多的作品所顯示的，現代婦女仍然在有限的空間中進行無限的等待。

二、等待中的歲月

> 我的家庭真可愛，整潔美滿又安康。姐妹兄弟很和氣，父母都慈祥。雖然沒有好花園，春蘭秋桂長飄香。雖然沒有大廳堂，冬天溫暖夏天涼。可愛的家庭呀，我不能離開你，你的恩惠比天長。

　　〈甜蜜的家庭〉是許多人琅琅上口的兒歌。姑且不論那抽象的「美滿」與「安康」，「整潔」是個相對具體又基本的要求。如果沒有了「整潔」，要讓這個家「可愛」，恐怕並不容易。但是，整潔的家背後意味著有龐大的家務需要處理。在絕大多數的情況下，這個工作落入在婦女的責任範圍。席慕蓉〈主婦生涯〉描寫某天該上課的學生停課受訓，她為了這平白多出的一天雀躍不已，正打算好好畫幾朵花，一路上構思著結構、背景、技法，添購了一些日常用品與花朵之後稍事休息，卻開始陷入繳交水電費、收送乾洗衣物、鋪地毯、準備晚餐……，「等到一切紛紛亂亂都就緒之後，才發現，我這多出來的一天仍然和平常的日子一樣，……，花仍然在瓶裡像雲霞一般的盛開著，稿紙仍然雪白雪白的攤在桌上，我這一天雖然

好像也做了不少事，可是，原來興致勃勃計畫著要做的事卻一樣也
沒做到」[44]。

　　為了照料家務，必須犧牲自己的時間，這是許多婦女共同的苦
楚。在許多女作家筆下，都或多或少提到這個問題。林文月的演講稿
〈講台上與廚房〉舉出許多實例，說明大學教授與家庭主婦兩個職務
的相互干擾，諸如做家事時想著學生的狀況而無法專心，或者女性教
授常常因為照顧子女而無法全力準備升等。文章也提到，每當例行學
術研討會過了晚間五點，她發現男性職員都還能侃侃而談，女性同仁
則普遍坐立不安，因為到了接孩子放學與準備晚餐的時刻：

> 前不多久，婦女雜誌的前編輯夏祖麗小姐來訪問我，要我列
> 出我的著作目錄。我藉這個機會整理了一下過去的作品，並
> 把出版的年月都標了出來，沒想到，居然也寫滿了一張稿
> 紙。一時之間頗為得意，就拿去給先生看。你猜他看完以後
> 怎麼說：「你民國五十五年以前在幹甚麼呢？」不是他這句
> 話提醒我，我完全沒有想到，我說：「大概全心全意在照顧
> 孩子吧。」這個答覆他當然很滿意，我卻有一點心酸酸的，
> 不過也還好，至少五十五年以後我有一點東西了。[45]

這是林文月的自述，特別的是她先生的反應。首先，先生完全想不
到妻子那段時間為何著作較少，可見先生平常應當沒有太關注到妻
子忙於家務，因而必須犧牲事業的事實。其次，當林文月給出了答
案，先生的反應是「很滿意」，而林文月則是感到心酸。這夫妻之
間的思考，不正反映了大多數家庭的狀況？根據社會學家研究表
示，「隨著第一個孩子的出生，男人們更有可能增加他們的工作時

---

[44] 席慕蓉：〈主婦生涯〉，《有一首歌》（台北：洪範，1999），頁39。
[45] 林文月：〈講台上與廚房〉，《遙遠》（台北：洪範，1981），頁178-179。

間，而女人則更有可能減少她們的工作時間。孩子對降低那些專職
工作的妻子的比例產生了明顯的、巨大的影響」[46]。這個問題還不
僅止於兩性之間的差異，林文月說到，「不過也還好，至少五十五
年以後我有一點東西了」，好不容易才引發出一點點心酸的感覺，
似乎很快地就獲得了釋放與安慰。類似的情況也出現在席慕蓉的
文章：

> 孩子在強褓的那幾年，除了白天教書之外，其他是什麼事也
> 做不成了。畫油畫嫌顏料和調色油的味道太重，做銅板畫又
> 嫌材料太危險，屋子裡所有的活動都以嬰兒的需求為主，其
> 他一切免談（而且奇怪的是：也不怎麼想談）。[47]

這篇題名為〈等待中的歲月〉，席慕蓉出國深造學畫，先是為了等
待丈夫取得博士學而滯留國外一陣子，回國之後，又為了年幼的
孩子，必須放棄銅板畫與油畫，只能創作一些針筆畫。但是一來
針筆畫不是席慕蓉打算專攻的領域，其次針筆細緻的筆觸與作者
擅長的油畫產生衝突。這些都是為了家務而影響了自己專業領域
的發展。

　　然而，我們不也是看到了席慕蓉還特別交代的：「而且奇怪的
是：也不怎麼想談」。有些學者稱之為「假相容關係」──「假相
容關係是一種社會情境，在這種社會情境中雙方都聲稱要平等地對
待對方，但事實上對方在給予和獲得的數量上卻是不平等的，而且
兩人都在向對方隱瞞這個事實」[48]。無論是林文月或是席慕蓉，她
們確確實實在家庭生活中，負擔了較重的家務，也影響了她們專業

---

[46] David Cheal 著，彭銅旎譯：《家庭生活的社會學》（北京：中華書局，2005），
頁 70。

[47] 席慕蓉：〈等待中的歲月〉，《寫生者》（台北：洪範，1994），頁 54。

[48] David Cheal：《家庭生活的社會學》，頁 120。

的發展。但特別的是，藉由真實的生活挑起那微弱的不平，似乎構不成什麼自主意識，我們從她們的文章中很難看到她們藉此大作文章與大聲疾呼。

David Cheal 在《家庭生活社會學》一書提醒我們，「將家庭視為優先」常常是性別化的，男女雙方是採取著不同方式來詮釋他／她們對於家庭的責任。林文義學習藝術出身，他早期的散文常常談到在藝術這條孤單的路上，無法獲得父母的諒解。等到成家之後，藝術之路對他「身為一個男人」所背負的社會壓力一點幫助也沒有。在一次的旅程，他寫下對女兒的歉疚：

> 原諒妳的父親，他也許無法給予妳極舒適奢華的享受，但他會告訴妳：如何以藝術來充盈自我心靈的華美，他要妳將來，像一株堅強翠綠的小草花，而不是一多虛假、矯飾的紅薔薇。[49]

因為無法給予兒女舒適的生活必須感到抱歉，這是男性的觀點。我們比較林文月的描述：

> 大約是在兒子讀高中的時期，有一回問過他：「你會因我不像別人的媽媽那樣全天候地照顧你們而感覺不滿嗎？」他笑笑地回答：「我怎能夠比較呢？我一生下來就只有你這個母親啊！」他的話雖然輕鬆，卻充滿體諒。當時幾乎有想哭的感動，我至今還記得。[50]

家庭生活中的性別政治提醒著我們去看這對母子耐人尋味的互動，母親的問題有點奇怪：為什麼媽媽就得全天候照顧兒女？這問題為何不是出自父親，或者至少是父母共同面對的？孩子的反應也很特

---

[49] 林文義：〈回家的路〉，《千手觀音》（台北：九歌，1984），頁37。
[50] 林文月：〈歡愁歲月〉，《交談》（台北：九歌，1988），頁128。

別，非常體貼地說，我一生下來就只有你這個母親啊。為何他的反應不是認為母親不能「全天候」陪伴子女，是很正常的事情？對比林文義與林文月的敘述，我們發現，同樣對兒女感到歉疚，原因卻是大不相同的。果然，「丈夫為了能夠得到一個家庭帶來更多經濟收入的提升機會，也許會決定去做一個對他來說完全不同而且不那麼稱心如意的工作。而另一方面，妻子則更希望有機會獲得一份較好的工作，其目的是避免因工作時間過長而使她們照顧孩子的時間太少」[51]。因此父母對於孩子的愧疚，是來自性別化後的責任歸屬。

當初，Virginia Woolf 嚷嚷著，女性如果要寫作，首先要有錢，然後有一間自己的房間。可是，聰明的理論家怎麼不多說一點，順便告訴這些為了要「有錢」的作家，怎麼在工作之餘還得照料兒女，處理龐大的家務？若非如同林文月那樣對孩子感到愧疚，那麼就得像徐鍾珮那樣辭去工作當個專職的家庭主婦：

> 於是我賭氣一腳踢翻熊掌，專心在家學習燒魚。就此我家原來冰冷冷的起坐間裡，入夜笑語喧嘩，鄰居們說到底是有女主人在家，光景顯得不同。友朋來訪，也口口聲聲誇獎我的轉變，親戚更覺得我突然賢慧起來。在這轉變裡，只有我一人不欣賞我自己。我總默然傾聽他們的謬獎，眼睛悵然注視著我案頭生了鏽的筆尖，我坐在明窗淨几的書室裡，卻覺得心頭積了厚厚一層灰塵。[52]

雖說體制的問題不是那麼容易解決，但是，還是必須點明，如果社會普遍的價值觀仍然存在著性別成見，無論女性怎麼調整，還是很難獲得更多的自主。徐鍾珮辭掉了喜愛的工作，成為眾人眼中的賢

---

[51] David Cheal：《家庭生活的社會學》，頁 47。
[52] 徐鍾珮：〈熊掌和魚〉，《我在台北及其他》（台北：純文學，1986），頁 23。

內助，當個稱職的「女主人」，但是卻沒有辦法成為真正的「主人」
——那個「女」字，提醒了我們她成了這個「整潔美滿又安康的家」
的附屬。〈熊掌和魚〉的文末，徐鍾珮自我期許：「總有一天，我會解
下圍裙，把賓客家人領進餐室，出乎他們意外，桌上並排放的，又是
熊掌又是魚」[53]。魚與熊掌本來是個極普通的成語，在作家的筆下作
為事業家庭不可兼得的隱喻，最後再以雙關收尾，寫得精采[54]。

除了照料孩子這件事情外，廚房，可說是一切家務的象徵空
間了。廖玉蕙曾感嘆，身為一位教授「明清小品文」的老師，在
課堂上大談閒情逸趣，然而每當下課回家時，「十萬火急的歸途
中，心裡所想，只是晚餐該做的飯菜，這毋寧是人世裡的一大諷
刺」[55]。張曉風更以〈五點半，赴湯蹈火的時刻〉描述廚房是最
寂寞的空間：

> 流行歌曲裡、小說裡、電影裡，時常重複「寂寞主題」。我
> 這人不知是由於遲鈍、忙碌，還是善於在讀書之際和古人聊
> 起天來，因而始終不太知道寂寞為何物。經驗中每次令我深
> 感寂寞的地方只有一個，就是廚房。而我覺得最寂寞的時刻
> 也只有一個，就是煮飯的時刻。[56]

「赴湯蹈火」一詞用的非常貼切，掌中饋之事，不正是湯湯火火？
張曉風還因此自比為戍守邊疆的戰士，戰士可不是天天受傷，但這
廚房，卻是天天製造傷患的地方。張讓〈廚房傳來一聲響〉也描寫

[53] 徐鍾珮：〈熊掌和魚〉，《我在台北及其他》，頁 24。

[54] 論述女性在職業婦女與家庭主婦之間擺蕩的散文，另可參閱張瑞芬：〈徐鍾
珮、鍾梅音及其同輩女作家〉，《台灣當代女性散文史論》（台北：麥田，
2007），頁 138-143。

[55] 廖玉蕙：〈閒情〉，《閒情》（台北：圓神，1986），頁 5。

[56] 張曉風：〈五點半，赴湯蹈火的時刻〉，《這杯咖啡的溫度剛好》（台北：九
歌，2004 增訂版），頁 199。

著：「通常是這樣。我開爐燒開水或蒸東西，想過幾分鐘就回來，便安心進書房去。過了不知多久，忽然滿屋焦味，我跳起來奔到廚房，不是水早燒乾壺底發黑就是蒸的東西焦掉了。陣亡的水壺多了，我終於決心改過，買來會尖聲呼嘯的水壺，而且以後但凡爐上蒸煮東西我必上了鬧鐘才走開。但壺和鍋陣亡如故。一次壺嘴蓋沒扣嚴，水開了壺卻叫不出聲來，另一次是鬧鐘沒叫……」[57]，除了像林文月那樣描述了家務與工作產生的衝突，也把廚房驚心動魄的危險呈現了出來。

空間不只是性別，空間也就是權力。廚房空間固然能夠成為女性持家的縮影，甚至會成為不同階層權力關係運作的地方。〈廚房的專制君主〉寫的是廖玉蕙的母親是個專職的家庭主婦，樂於做菜也培養了一身好手藝，當兒女各自成家之後，母親仍然不肯輕易放棄掌勺的想法。廖玉蕙的大嫂有次終於發難，抱怨著每次做菜婆婆緊盯著看，造成很大的壓力[58]。如果把一切的情況綜合來看，一個職業婦女不但要面臨職場壓力，回到家裡要照顧兒女，想著每天變換菜色，卻還得遭受到婆婆緊迫盯人……，這樣的女性如何能夠想著家庭是個足以遮風避雨的所在？

論述至此，關於女性負責家務的問題已經明朗清楚了嗎？那可未必。廖玉蕙的母親喜歡做菜，不以為苦。對於這件事情作者曾經請教母親，母親給予的答覆是非常傳統的概念：等待著一家大小吃飯是非常幸福的，又何來辛苦呢？母親這樣的回答，引發了作者的懷想：

---

[57] 張讓：〈廚房傳來一聲響〉，《飛馬的翅膀》（台北：大田，2003），頁 65。
[58] 廖玉蕙：〈廚房裡的專制君主〉，《大食人間煙火》（台北：九歌，2007），頁 54。

> 我學著母親舒徐有致地進出廚房，懷著慶幸珍重的心面對忙迫
> 的家事。相較於母親為人婦的那個艱困的年代，既無面臨斷炊
> 的恐懼，又有絕對無可挑剔地全套電器化設備，身為現代婦女
> 的我，又有什麼樣的理由來抱怨生活的繁瑣與不堪？[59]

乍讀之下，廖玉蕙母親的世代學到了知足與感恩，也得到了讓自己
能「快樂地」走進廚房的安慰劑。個人的選擇無可厚非，但是她這
樣的想法，很可能成為掩蓋婦女辛勞維持家務的另一種論述。

「一個婦人經過百貨公司，銷售廚具的業務員大喊著：『這套
廚具帶回去，保證妳省下一半的力氣！』最後，婦人買了兩套。」
──這則笑話非常切題，可說是科技對婦女主持家務的一大諷刺。
「當代最大的反諷之一就是：人們有了那麼多省時的機器、發明，
自己能保留的時間卻少得史無前例。……加重工作負擔的禍首，通
常正是那些原本打算節省時間的發明。……其中的原因之一是：幾
乎所有的技術進步，似乎都伴隨著期望的高漲」[60]。當廖玉蕙因為
有著「絕對無可挑剔地全套電器化設備」而感到欣慰的同時，我們
必須認識到這些無可挑剔的全套電器化設備的出現，除了意味著家
庭主婦必須學會購買、使用，甚至是維修這些電器化設備，這也成
為男性期待女性更勤勞維護家務的理由。買一套廚具可省下一半的
力氣，卻沒有辦法買兩套來省卻全部的力氣。我們只需反問，如果
無可挑剔的電器化設備出現能夠減輕家務的勞力，為何男性還是無
法從報紙與新聞節目中抽身，快樂地走進廚房？總是這樣，「家被
建構成愛、情感和同情的所在，養育和照顧他人的重擔則加諸女人
身上，卻將女人建構為『天使』，而非勞工。家也成為男人價值地

---

[59] 廖玉蕙：〈快樂地走進廚房〉，《不信溫柔喚不回》（台北：九歌，1994），
頁 34。
[60] Robert Levine 著，馮克芸等譯：《時間地圖》（台北：商務，1997），頁 24。

位的象徵，但鼓勵女人不但要達到更高的清潔標準，也要裝飾和美化他們的家」[61]。到底，所謂「他們的家」算不算是婦女的家？「沒有離過家的人，不會知道家的可貴」。高大鵬的這句話，或許應該改成：「沒有持過家的人，不會知道家的可怕」。

三、女子層

> 據說，生活會令一個詩人不再寫詩；生活自然也會教一個藝術家逐漸疏遠了他原是激情的畫筆。那怕你的情思再浪漫，你的理想再高遠，才華再卓越；想一想，有幾張嘴等著地糧，幾對眼睛盈滿冀期，你怎麼忍心視而不見，聽而不聞呢？[62]

這是林文義的慨歎，也是許多文學家的慨歎。Virginia Woolf早就提醒我們「一部天才作品的寫出，永遠是異常艱鉅的盛事大業。作品渾然完整的自作者腦中孕育出來——這一事，受到現實每種事物的阻撓。通常說來，物質環境是反對此事完成的」[63]。然而，理想無法伸張完成，男性所以自傷的理由，與女性比起來，竟顯得如此薄弱。姑且不論女性必須辛勞持家，就是空下時間，恐怕也無法有個讓她們專注寫作的空間。正如畢恆達指出，我們的環境對婦女是很不友善的。「婦女負責大部分家事育兒的工作，花最多的時間在家裡，但是在家裡卻又經常找不到屬於自己、可以獨處的空間」[64]。

---

[61] Linda McDowell：《性別、認同與地方》，頁 103-104。

[62] 林文義：〈波濤的岸邊〉，《千手觀音》，頁 47。

[63] Virginia Woolf 著，張秀亞譯《自己的房間》（台北：天培，2003），頁 92。

[64] 畢恆達：〈女人，妳的空間何在？〉，《找尋空間的女人》（台北：張老師文化，1996），頁 27。

　　周芬伶有一篇名為〈自己的角落〉，通篇便是以 Woolf 的說法，去驗證日常生活與丈夫互動的情形，作者認為自己不需要有「自己的房間」，只需要留有一個「自己的角落」就很滿足：「在那個角落裡，跟自我很接近，離別人也不太遠，剛好在不隔不膩的地方。在時空的坐標裡，總有一個點，它小小的，卻是最炙熱的，自己的角落就應該在那裡」[65]。當時婚姻正處美好的狀態，在這場空間的配置爭奪上，周芬伶不覺得受到任何侵犯，反而一廂情願地認為自己充滿了「霸氣」，丈夫從不會到這個角落的，至於孩子也只是喜歡掛在書桌上的小風鈴，房外的世界更吸引著童心。那是周芬伶得以自我保護的一個安全禁地，無論是丈夫或孩子，都不會侵犯到作者保留的這個小角落，在 Woolf 的理論中，認為女人得有自己的房間，能夠安靜地思考、獨立地工作，如此才能有生存的尊嚴。在周芬伶的文章中，「自己的角落」顯然將意義更集中在 Woolf 提到的「寫作」上。

　　其實無論是專指「寫作」，或是生活上的任何層面，夫妻共同經營相處的空間，是婚姻得以幸福與否的關鍵。「在家中擁有自己的一片空間，是和諧的情感關係或家庭關係的基本要件。屬於自己的臥室、書房或工作室，讓人得以享受隱私，並向他人清楚宣示自己需要獨處的時間。這種空間的重要，也因他讓人透過帶入此空間的事物、裝飾牆壁的方式、抑或展示於其中的物件，藉以表達出自己的身分認同」[66]。因此，當周芬伶嫁入夫家，正如同在進行一場自我空間的捍衛戰[67]：

---

[65]　周芬伶：〈自己的角落〉，《花房之歌》，頁 176。

[66]　Clare Cooper Marcus：《家屋，自我的一面鏡子》，頁 220。

[67]　「在父系社會裡，，結婚通常意味著一個女人，必須離開她生長的家庭，搬進一個陌生的地方，去適應一個已經有既定生活習慣與規範的空間」。畢恆達：〈她嫁入了誰的家？〉，《找尋空間的女人》，頁 59。

> 剛結婚時，在那個群居的房子，我並沒有自己的衣櫃，單薄
> 的幾件衣服寄居在丈夫與小叔合用的衣櫃，小叔的衣服佔去
> 一半空間，丈夫的皮衣、西裝、夾克也頗有體積，……，我
> 只能打游擊戰，生存的方式是無孔不入，……我選擇這種悲
> 涼的存在方式，因為意識到在這裡生存不易。[68]

此文以衣櫃的空間爭奪巧妙隱喻了現實生活的困境，用悲涼的方式
存在的，不只是衣服而已，更是周芬伶本人。接著不久，房間也淪
陷了，小叔進駐，周芬伶與丈夫退居三坪大的小房間，重整格局，
勉強塞了小衣櫃，衣服總算找到歸宿。究竟是什麼緣故，讓周芬伶
如此步步退讓？以下這篇文章透露了重要的訊息：

> 當感情美好時，擁擠也是幸福，孩子、丈夫與我擠在狹窄的
> 空間，自有挨緊的甜蜜與熱鬧，更何況丈夫信誓旦旦將給我
> 們一個寧靜無爭的家園。我緊抱著這誓言，任孩子的玩具衣
> 物淹到床上來，衣櫃一打開總有什物掉下來，我們猶能翻滾
> 嬉笑，寫作時依偎著衣櫃，挪出一尺見方的空間，在稿紙上
> 創造另一個想像的次元。[69]

周芬伶把「自己的房間」減縮成「自己的角落」，即便是寫作，也
只要「挪出一尺見方的空間，在稿紙上創造另一個想像的次元」。
與其說她知足，不如說這是一種自我建構的行為，一種為了得到「寧
靜無爭的家園」而委曲求全的心態。對於一個文學家而言，不單單
只有現實生活上的滿足即可，因此即便在這麼擁擠的環境中，她仍
堅持要有「自己的角落」，那是最低限度的要求。委屈自己並不保
證能夠得到幸福。事實上，周芬伶也漸漸看透了現實的殘酷。她認

---

[68] 周芬伶：〈衣魂〉，《戀物人語》，頁 206。
[69] 周芬伶：〈衣魂〉，《戀物人語》，頁 207-208。

為女人註定比男人孤獨，女人註定比男人支離破碎，因為在整個個體化的過程中處處遭受阻力，因為我們的社會並不鼓勵女人孤獨，不鼓勵女人擁有完整的自我：「女人比男人孤獨，她在這個世界上沒有家，不管是父親的家，或是丈夫的家、孩子的家，她處處無家，處處是家」[70]。

　　處處無家處處家，不只是一個文學語言，對於許多婦女而言，那是個非常無奈的現實狀況：「住宅空間似乎有一條很清楚的界線，門內為私密空間，門外為公共空間。但是『個人即政治』，家中空間的規劃設計與經營、以及家庭中的性別關係，其實受到法令制度與社會價值觀的影響。對於婦女而言，由於必須負擔家事育兒的責任，因此對家庭有較深遠的情感。而自主交通工具的缺乏、公共空間的危險、離家出走的困難，都更加深住宅對於婦女的重要性」[71]。婦女處處「關注」著家，卻被家「關住」；關住她的家，又沒有讓她有家的感覺。多麼詭譎的辯證邏輯，卻非常真切地發生在許多女性身上。簡媜也曾描述在朋友家作客時，男主人某日清晨趕著到學校上課，喊著二樓的太太幫忙找《莊子》。簡媜與這位太太二人依照指示在書房裡卻遍尋不著，先生急忙衝上書房隨手就把《莊子》從書架上抽走，留下驚愕的二人在原地：

> 治中哲的人帶在身邊的《莊子》，恐怕比婚姻生活還長吧，而且是手頭書，不是書架上的僻字。假使，連這麼一本熟書都找不到，表示除了同時進臥房之外，一個在廚房，一個在書房。[72]

---

[70] 周芬伶：〈孤獨吟〉，《戀物人語》，頁 123。

[71] 畢恆達：〈離家出走，無所遁逃於天地之間〉，《空間就是性別》，頁 112。

[72] 簡媜：〈另一種香〉，《微暈的樹林》（台北：洪範，2006），頁 37。

從日常的偶發事件，我們就能夠見微知著，明白這對夫婦日常家居的空間權力分配應當是頗不對等，至少，太太對先生的書房不熟，是顯而易見的事實。

女性無法在家找尋空間，只好向外發展。像是簡媜《女兒紅》內的〈賓館〉，描述的就是一個女子下班之後，尋找不同的旅館或賓館慰勞自己，讓自己在其中得以好好釋放壓力：「她只是靜靜裸躺著，不開燈不放電視，連毛毯也不掀，讓時間慢慢流光，有時再續一小時。她喜歡恢復那種狀態，不隸屬任何存有，包括她獨居的有門牌號碼的家，包括這具裸裎的軀殼」[73]。我們不妨對照兩位男性作家所寫下的文字，舒國治〈在旅館〉描述他旅遊中印象深刻的各個旅館，接著他認為對於某些遊客而言，旅館是遠地的家：「我有時也猜疑，許多旅館是否也深知太多的遊客打著觀光的幌子實則想至遠地去住一下家罷了」[74]，這段文字當然不牽涉到性別問題，但是我們仍須提問：倘若絕大多數的家務必須由婦女來維持，那麼，想到遠地去住一下家的想法或許更是絕大多數女性的心聲。舒國治把旅館當成遠地的家，正好能夠成為簡媜〈賓館〉一文巧妙的註腳。同樣寫過〈Hotel〉，林燿德卻只能從都市人際疏離與情慾流動的層面探討，就無法觀看到性別政治的問題[75]。反而當作家沒有對性別具有較多的自覺時，所不經意流露出的，更可能看到他對性別所具備的認識與態度：

---

[73] 簡媜：〈賓館〉，《女兒紅》（台北：洪範，1996），頁173。

[74] 舒國治：〈在旅館〉，《理想的下午》（台北：遠流，2000），頁198。

[75] 「當一棟大廈擠進一層 HOTEL 以後，這棟建築即刻被『異化』了，如同它仍然存在於藍圖之刻，就已經是為了性愛股市的短線交割而設計的。大廈的『原住民』開始對於自己的生活環境感到覥腆不安，踏進電梯的時候，就和小空間中其他陌生的臉孔相互猜忌，以三分偏見去臆測對方的智慧，七分鄙夷去臆測對方的胴體」。林燿德：〈Hotel〉，《迷宮零件》（台北：聯合文學，1993），頁22。

單身公寓在近年慢慢崛起，獨身者蝸居在坪數大的套房裡。這裡的主人有許多都是三十歲以上的未婚或離婚的職業女性，她們把狹小的空間佈置得美輪美奐，毫不吝惜地投入大部分所得，或許她們是寄望回家時，華麗的房室可以溫暖、滋潤獨身的寂寥歲月吧？[76]

從性別政治的角度來解讀這段文字，會發現作者對單身（女性）公寓的理解非常粗魯。首先，他憑什麼揣度這些單身女性是需要被「溫暖」、「滋潤」，又憑什麼認定獨身的歲月是「寂寥」的？一路論證下來，我們早就明白在父權體制下，婦女被要求持家是多麼辛苦的事情，為何不能從這個角度審視，獨身女性其實是快樂的、自由的。作者筆下那些毫不吝惜花大筆費用把套房佈置得美輪美奐的人，可以說是特別著重空間的個人化[77]。空間的個人化對於不分性別族群的許多人來說都非常重要，如果要再強調性別而大作文章，顯然林燿德缺乏了理解與尊重。

事實上，缺乏真正的理解與尊重的，不一定是男性作家。以《女兒紅》享譽文壇的簡媜，在某些文章中也顯現出非常傳統而保守的觀念：

---

[76] 林燿德：〈靚容〉，《一座城市的身世》（台北：時報，1987），頁 75。

[77] 張讓曾為文談到空間個人化的原因，「人一住進屋裡，並不就成了無知無覺的死物，而是要和門窗家具物件一同吐納作息，終於心意相通，演化出一套相安無事的秩序來」。所謂相安無事的秩序依照個人的習性喜好各有不同，但是秩序必須建立，好比她談到搬入新家，面對空牆而感到不安：「一無所有的牆並不沉默，並不消極等待，而是睥睨以視嘲諷：『看你能弄出什麼來！』我急忙掛上畫（手邊無畫，就自己做一幅）、壁氈、豎起書架，擺上書，才稍稍可以面對。牆上有物似是天經地義，畫一旦摘除，那牆猛地撞上來，幾乎要鼻青臉腫」。以上引文分別見張讓：〈家具旅行的季節〉，《當世界越老越年輕》（台北：大田，2004），頁 58、〈空間遊戲〉，《急凍的瞬間》（台北：大田，2002），頁 24。

也許，男人在女人經營管理的空間裡也不過是個房客。她們
天生就有一種能力霸佔臥室、廚房、儲藏室、前後陽台，漆
上自己的色彩或氣味，男人被趕到客廳，窩在沙發上玩弄電
視遙控器。可是另一方面，女人又斥責這位不易著根的房客
像風一樣在外野盪。[78]

情節設定在一對離婚的夫婦，以對先生的第二人稱作為文章的敘
述。當兩人準備分居時，才發現原本三十坪的房子竟被妻子的物品
佔據得像是二十坪。「她的東西一搬走，一個家的規模便垮了」[79]。
接著上面的引文，是作者從設定的情節引發的感慨，當然這個感嘆
也可以當成她設定為故事男主角的想法。「她們天生就有一種能力
霸佔臥室、廚房、儲藏室、前後陽台，漆上自己的色彩或氣味」，
充滿了許多問題。首先，我們單就「現象」來解讀，也許女性似乎
確實比男性善於經營家庭空間，但是這樣的能力並不是「天生的」，
而是被社會規範要求，甚至是被建構。女性被整個社會體制桎梏在
家庭空間，對於家庭空間的熟悉與掌握高於另一半，這是不公平的
事情，怎能說「男人被趕到客廳」？接著簡媜竟然還寫下「可是另
一方面，女人又斥責這位不易著根的房客像風一樣在外野盪」。在
她筆下的（這位）女性，被她說得無理取鬧，彷彿丈夫在外頭花天
酒地，是妻子太過霸佔空間所導致的？那麼，如果是這樣，倒要問
問，前面我們引她的〈另一種香〉內所言「一個在廚房，一個在書
房」，又有什麼好大驚小怪的？這種描述再對照《女兒紅》一書強
調女性「即是自身的經緯，無需外借」以及《女兒紅》被盛讚的情
況，真是令人莞爾[80]。

---

[78] 簡媜：〈難以啟齒的生活〉，《好一座浮島》（台北：洪範，2004），頁 39。
[79] 簡媜：〈難以啟齒的生活〉，《好一座浮島》，頁 39。
[80] 這裡對於簡媜的批判，有幾點必須說明。首先，以這個文本來說，它可以

女性缺法自主自由的空間，倘若一朝能有那樣的空間，想必是彌足珍貴吧？張曉風旅行日本的時候，遇到一間設有「女子層」的飯店。顧名思義，女子層專門提供女客居住，男性不能進入，牆壁與裝潢一律使用「象牙粉紅」。張曉風感性地說，「那光景，竟有些像在天主教的女子中學宿舍裡，美麗的女兒國，男人還未曾在生命中出現，女孩兒彼此悄聲細語，談些心事。至於那情感特別相投的，就彼此交換日記來看，那裡面有一種情逾姊妹的親熱」[81]。張曉風這篇短文，並沒有涉及更深刻的思考或論述，但是那透露了女子層帶給她的舒適感。

說是一篇虛構的故事，引文的內容也可以視為故事男主角的心聲。但簡媜的寫作手法本來就習慣於利用代言的方式表現出自己的立場，所以據此文本討論簡媜的謬誤，是有根據的。其次，不只針對女性空間的議題上簡媜存在矛盾，對於女性主持家務這個問題，簡媜也曾寫到：「親愛的F，我仍然認為一個女人應該用她的雙手很俐落地把家弄得乾乾淨淨，而不是仰賴一大堆機器。因為在搓洗家人的衣服時，從受污的部位與泥水的分泌中，可以看到一個男人肩頭的重擔或一個孩子調皮的童年」。簡媜：〈傳真一隻蟑螂〉，《夢遊書》（台北：洪範，1994），頁137。這樣的意見也可能成為一種要求女性必須維持家務的論述，非常危險。憑什麼女性就「應該」「用雙手」把家「很俐落地」弄得「乾乾淨淨」？特別值得注意的，這兩段文字放回文本脈落來看，與性別意識無關，同樣是在批判科技宰制了我們的生活。這樣的斷章取義是否會造成誤讀？事實上，正因為文章主旨與性別意識無關，才能在這不經意的片段窺視作者不自覺的想法。雖然許多散文家對於性別議題也都沒有一個堅定一貫的立場，這本是個人的自主意識必須予以尊重，況且散文作品不等於理論論述，顯示了衝突的立場，或許是一種更真實的顯露。然而，我們之所以特別針對簡媜進行討論，乃是因為她以《女兒紅》享譽文壇，其他作家不太像她這樣操作議題。因此她在以女性議題獲得盛名的同時（這盛名恐怕會不斷延續下去），本該接受更嚴格的檢驗。其實不只在對性別議題的操作上簡媜顯現出自相矛盾的問題，好於批判都市生活的她，也常常在文本中出現自相矛盾、為批評而批評的立場，關於這個部分的論述，請參見陳伯軒：〈鄉音無改──論簡媜散文城鄉連結的時空思維〉，《語文學報》14期（2007年12月），頁337-354。

[81] 張曉風：〈女子層〉，《這杯咖啡的溫度剛好》，頁93。

　　必須深思的是，原來女性的空間也能夠成為一種被販賣的商品。「物以稀為貴」，在此成為女性空間最大的嘲諷。在「女子層」裡擁有的舒適感，正好意味著在女子層外所缺乏的——對女性的友善與尊重。保護女性的作為，其實是在體制缺乏保護此一性別的前提下，不得已的方法。換個角度，張曉風所言的「女子層」，如此貼切成為女性空間的最佳描寫。但說來悲傷，沒有誰能永遠待在「女子層」，婦女仍舊得回到那個五點半必須赴湯蹈火的家，單身女性就算有自己的小套房，則被解讀為用以「溫暖、滋潤獨身的寂寥歲月」，妻子善於經營居家空間則被說成「把男人趕到沙發上」……。從這些作家的筆下，以及實際經歷的生活，若我們期待女性真能有自主的空間，不但父權體制必須釋放權力，連同被父權體制建構甚深的女性，也必須有所自覺。讓女性不再只是家庭生活的女主人，而是成為真正的主人——家屋的，更是自己的。

結　語

　　本章在前言裡開宗明義說過：「回到我們最初降臨的地方，家，承載了我們生活的歸宿」？現在，應該改為：「回到我們最初降臨的地方，家，是理論辯證的第一場所」。不厭其煩地，我們強調人文主義地理學重視人與地方的互動關係。但是，在人文主義的關懷下，所有的人都是人，似乎不太注意到個體所具備的性別與性別意識。其實，性別政治的議題一旦受到關切，性別化的空間並非存在家屋而已。廖玉蕙的〈電影街的錯亂〉，描述一次她獨自看完電影準備回家時，一名中年男子前來攀談：

「現在就要回去啦？」

「是啊！」

「那麼早回去幹什麼？」

「不早囉！還得回去做飯呢！」

男人再接再厲，懇摯的說：「不急著回去嘛！還早嘛」

我被男人態度的認真所惑，就在「早」「不早」間跟他折騰半晌，忽然讓我想起其實可以單刀直入，直指核心。我客氣又抱歉的問：「實在不好意思，我的記憶力實在太糟糕了，請問你是？……我們在那兒認識嗎？」

男人一下子愣住了，半秒鐘的遲疑後，他機智的回答：「現在不就認識了嗎？……別急著回去嘛！我們再去看一場電影嘛！」

我吃驚的張大了嘴，他居然真是無聊男子！而且以為我是落翅仔！我不甘心的朝自己身上打量，素色白黑套裝，臉上薄施脂粉，分明一副良家婦女打扮，怎會被誤認為落翅仔？我真是氣憤極了！什麼跟什麼嘛！[82]

當廖玉會被詢問為何這麼早回家，廖玉惠的回答是「還得回去做飯」，果然，家務事永遠不會放過婦女，即便是難得看場電影，還得盤算著回家煮飯的時間。就女性受到性騷擾而言，顯示了「在意識形態上，女人被認定歸屬於某個男性，因而一個獨身女子出現在公共空間裡是有問題的，甚至被認為暗含性愛的邀請，而成為陌生

---

[82]　廖玉蕙：〈電影街的錯亂〉，《如果記憶像風》（台北：九歌，1997），頁129。

男人獵取的對象」[83]。正因為獨自在街上行走、看電影或上咖啡廳的女性不被視為常態，甚至被視為暗含性愛的邀請，「因此似乎就必須為自己所受到的騷擾與侵害負責，而男人的罪行也就在此論述中逃脫」[84]。廖玉蕙反射性地打量自己的裝扮，認為自己是「良家婦女」的裝扮，不正是在整個男性慾望控制的空間中，所做出的典型反應嗎？

家不是唯一被男性化的空間。從人文關懷到性別政治的討論，我們發現：家——我們最親近的地方，卻是衝突最明確而強烈的地方。公共空間也存在許多對於女性不友善的問題，但是從來沒有人試圖去論述公共空間是避風港，也沒有人要求女性必須要付出心血與時間去維護公共空間的運作。家，卻是在父系社會中，自古便形成一系列論述讓女性成為「天使」，她們彷彿「為愛」而生。在 For Love 的論述下，也沒人質問男性為何就不需要為愛而維護家庭空間。

最後，也是必須重申的，我們面對女性自主空間的議題時，無論是在文學文本或是實然的生活體驗，要有自覺避免許多似是而非的遮羞布，好比以古典閨怨的形象塑造女性與空間的緊密結合，而試圖忘記女性缺乏自主的空間；或以現代高科技的器具，試圖減低婦女維持家務的辛勞。最不可取的，是在女性經營家屋空間時，單憑表面論斷女性掌握了家庭生活的主宰，或認為她們是在佈置她們華美卻空虛的心房。即使只是某些不經意的片段，讀者在關注此議題時，也都能夠覺察這些作家下筆為文之際的心態與價值觀，而因此對其作品有更多元的思考與辯證。

---

[83]　畢恆達：〈公園是男人的？〉，《找尋空間的女人》，頁 43。

[84]　畢恆達：〈如果妳遇到性騷擾〉，《找尋空間的女人》，頁 138。

結　論

　　散文該如何研究？這是到了結論，我們仍舊必須不時思考而警覺的。此書定名為《文本多維：台灣當代散文的空間意識及其書寫型態》，其中牽涉到兩個主要的研究路徑，一是空間意識，一是書寫型態。前者涉及「寫什麼」，後者則討論「怎麼寫」；前者討論的是「議題」，後者討論的是「藝術」；前者討論的是「內容」，後者討論的是「形式」。寬泛而言，任何的文學作品都必然牽涉兩方面的組成，容或著重的比例不同，但是則是缺一不可。徒有形式而沒有內容，則是為文造情；著重內容，卻沒有形式，則失去文學之所以為文學的基本條件。對於文學作品而言，形式內容往往相互影響；而對於評論者而言，從形式或內容切入作品，所顯示的方法以及得到的結論大不相同。特別在散文研究中，議題研究與藝術性研究各有其錯綜複雜的糾葛，結論的部分我們則試圖以《文本多維》在撰寫過程中所遭遇到的問題進行討論，這當中多少會涉及關於散文研究方法論以及散文文類特質的陳述，縱然未必詳全，但是要更進一步研究現代散文，這些陳述都是不可規避的。

　　以「空間」作為主題，是對散文研究的一種嘗試。有關「空間」的討論，近年來在各研究領域中如火如荼地展開，不過這些理論在台灣散文研究方面，成果並不顯著。從好的一面來看，表示這個領域能夠開展的研究還非常地多，也可能存在著許多是現階段無法釐清的問題，甚至使研究的基本設定都陷入紛雜的狀態。

　　空間的指涉可能是「具體的存在」，也可能是各種領域的一種隱喻，況且即便是面對具體存在的空間，不同理論脈絡下的詮釋也大不相同，在在增加了研究空間所產生的困難。以本書而言，從都市空間的營構到原鄉的文化追尋，我們能採取的立場則偏向人文主義地理學的觀察與詮釋，強調人如何理解空間，不再將空間視為冰冷單調的客體；但是討論到了現代性與空間位移，就理論脈絡來說，可能就涉及到了結構主義地理學的討論；討論到住宅空間，本文又採取了性別地裡的角度審視。儘管本文在運用理論時採取以這些論述或理論作為文本詮釋的橋樑，可謂較為保守，但仍舊存在著不同理論脈論與不同研究課題之間會有的排列組合：性別不只能夠討論住宅，性別也能夠討論都市，也能夠討論原鄉想像，從性別討論空間移動更是炙手可熱的議題。若是從現代性來討論，那麼面對都市與原鄉，或許也會有不同的論述呈現……。

　　理想的狀態下，凡此種種，都是可以進一步開展討論的議題。但是，實際涉及研究論文的生產，這些概念，未必能夠在文學文本中透顯。特別面對現代散文，我們會發現理論與文本之間產生的鴻溝，遠比新詩或小說來得巨大而難以跨越。這就牽涉了在撰文時面對的第二重困境──現代散文研究方法的薄弱。對於現代散文研究方法的薄弱，在許多以散文為研究對象的學位論文開篇「研究動機」之類的章節大多會提及，這可說是一個眾所皆知的陳論。這些論文通常以現代散文因為研究上的困難，造成「現代散文很少被研究」的現象，然後絕大多數的學位論文則以此作為現代散文必須被研究的原因。我們不能說這樣的動機可議，但是不斷強調「貧乏」是否就代表現代散文具有必須被研究的價值？也就是說，我們必須意識到：「貧乏」，並不是能說明散文必須要被研究的最佳原因。

　　誠如本文在緒論中所言，現代散文「易寫難工」的特性，致使它成為現代文學中最為龐大的文類，那麼這個龐大的文類的存在，是否「應該正視」，以及「如何正視」？透過本文十餘萬字的撰述（以及對相關文獻的搜尋與分析），即能深刻體認到「散文研究的缺乏」，不只是論文的產量多寡。作為台灣文壇創作量最豐沛的文類，現代散文不但有太多懸而未決的問題，甚至有更多的問題是還沒有被思考出來的。我們必須正視散文的地方，並不只是在生產一篇又一篇論文，以提升散文評論的「量」，同時也必須對現代散文的「質」做深刻的剖析、思考。無論從文獻整理、文學史、理論、方法論上，都需要耗費更多的心力去發掘／發覺那些隱而未顯的問題，以及詮釋上的障礙。否則，這個沒有理論支撐，文本解讀上又相對容易的文類，一切就處於「自然而然如此」的狀態，恐怕是得不到相當程度的尊重與正視。

　　身處以文學理論作為文本詮釋、或是與文本辨證的研究風潮，自後結構以降的理論大多著重在意識形態或者議題的討論。文學理論發展與流變自有其理論脈絡，但是這些主要發展於西方的文學理論，即使在最初形式主義或新批評的那種較為樸素的研究方法上，仍舊不是以散文作為論文試驗的對象[1]。當然這並不意味著散文研究無法使用理論，或是散文使用理論就必然會出現問題。只是當我們處在這個理論發達，甚至幾乎成為文學研究方法論上的一種強勢傾向，是必須考慮到小說與新詩的研究，在學者一步一腳印努力

---

[1] 西方對於散文的看待，遠不如小說、新詩與戲劇三大文類，這和中國文學有很大的差別。相關的說法非常普遍，我們各取學者與作家的意見參看：李奭學曾經稱西方散文是一種文學的「夕陽工業」，張曉風也敘述自己創作散文與戲劇在西方學術場合所受到的待遇有別。請參見李奭學：〈散文死也未？〉，《經史子集》（台北：聯合文學，2005），頁 219-221、張曉風：〈張曉風散文觀〉，《張曉風精選集》（台北：九歌，2004），頁 38-39。

下，在運用理論的嫻熟與變化都到達了某種高度。如果散文的研究
果如我們理解的那樣貧乏，加上理論與散文文體之間懸宕著的落差
又存在，那麼我們確實是必須警覺到使用諸多議題進行散文研究
時，理論的高度與目前散文研究的狀況有懸殊的差距。簡言之，如
果按照文學理論的發展進程來看，過去對小說或新詩藝術性的探討
畢竟確立了一定的基礎，小說與新詩的研究似乎是一條從藝術討論
到議題探究的進程。然而現代散文卻在缺乏足夠的藝術性探究的前
提下，跳接議題的研究，而這種研究散文的方式可能會存在著泯滅
散文此一文類的危險。

　　似乎有危言聳聽的嫌疑，我們不妨先研讀以下的論述：「以台
灣當代女性散文來看，近年來關於女性書寫自我，及延伸出去的家
族與國族題材有漸增之勢。在文學史上，至少有以下三大意義：1.
從女兒、母親到女人：女性自覺與家國記憶的拓展；2.母系歷史取
代了男性傳統史觀；3.原住民與邊緣聲音的浮現」[2]，這是張瑞芬
《台灣當代女性散文史論》談到女性散文研究對於文學史的「突
破」。當然這段文字不能夠代表此書的結論，但是其論述方式則是
相似的。

　　姑且不論將散文中的兩性二分之後的「女性散文研究」，對於
台灣文學史的意義究竟為何（那並非在此需要關切的問題），當我
們逕自將研究客體「女性散文」改成「女性小說」，會產生什麼樣
的差別？或許張瑞芬對於散文的研究有著文學史的焦慮，因此她也
曾注意到以小說的發展境況作為斷代的思維，並不適合套用在散文
研究上，從而提出對「學界普遍以小說涵蓋散文評論」[3]的質疑，

---

[2]　張瑞芬：〈「女性散文」研究對台灣文學史的突破〉，《台灣當代女性散文史
論》（台北：麥田，2007），頁70-71。

[3]　張瑞芬：〈琦君散文及五○、六○年代女性創作位置〉，《台灣當代女性散文

只是學界普遍以小說涵蓋散文評論的差誤，或許並不只是在文學史斷代上。這不是要否定《台灣當代女性散文史論》試圖建構散文史以及發掘文獻的用心，張瑞芬本人似乎也有意識到自己研究方法上的侷限[4]，我們在前輩學者研究的成果上，必須有所借鏡：如果我們總是學習小說以議題為導向來研究散文，而創作者在文學獎匿名機制之下又以書寫小說的方式來創作散文[5]。那麼，散文恐怕會泯滅其獨立的價值。

在後現代的情境中，有所謂「文類跨界」的現象。在此情境強調「現代散文」的獨特性，似乎顯得過於保守。然而後現代並非永恆的、絕對的權威視野，它跟歷代引領風騷的各種前衛理論一樣，只是文學史千年發展歷程上的一個思潮——「文類跨界」有其時代意義和價值，但不會是終極的思考。何況就創作與閱讀的立場而言，或許不需要仔細區分「文類」；在學術研究的專業行為中，文

史論》，頁 150。

[4]　張瑞芬在此書序論曾簡單提到，「雖然殫精竭慮，卻也疏失難免，詳述文獻資料之餘，女性書寫的美學理論稍欠發揮。」其實，張瑞芬此書稍欠發揮的不只是對於「女性書寫的美學理論」闡發，對於「散文書寫的美學」闡發亦嫌薄弱。此書處處充滿了以學者評論小說的結論作為散文論述的依據，恐怕有失當之虞。張瑞芬：《台灣當代女性散文史論》，頁 14。

[5]　簡媜曾經在一次演講中提到文學獎匿名審查制度下，散文與小說界線的更容易趨向模糊。「那幾年小說家紛紛變身隱藏身份，在小說界裡賺個幾年體驗，然後進到散文書寫。但是從一個發展的角度來看，也給了我們一個提醒，散文中固然有他虛構的部分，可是作為一個讀者，似乎也要問一下自己可以容忍散文虛構到什麼地步。我們可以容忍一個女性的散文作者虛構了一次旅行、一次戀情、一個朋友。可是我們能不能容忍一個年輕的小說家，化身為一個老婦人來欺騙我們的熱淚？這裡其實很有意思，是很值得我們思考的」關於散文與小說界線的泯滅，似乎是個無法解決的問題。但是正如簡媜所言，這是個很值得思考的問題。是不是我們在閱讀／評比散文的時候，隱隱然是以小說的美學標準去閱讀，才容易助長這種現象的發生？引文見簡媜口述，蔡培風紀錄：〈散文歷險——簡媜的寫作歷程〉，《明道文藝》354 期（2005 年 9 月），頁 102。

類疆界的劃定，卻是研究者無可迴避的「基礎工作」。這不是意味著我認為散文與小說有個「截然分明的界限」可用「科學的方法」一刀切割，反而是在承認小說與散文之間有個「模糊的邊界」。模糊之中，散文和小說自有互相重疊且難以分割之處。我們要思考的則是在散文研究上，能夠允許這「模糊的邊界」泛化到什麼程度？創作者的自由意志或是讀者純粹感受都可能只看到「模糊」，而身為散文研究者則需要同時洞悉此「模糊」與「邊界」的存在。

由此可知，議題研究對散文而言雖非不可行，但是確實會產生許多複雜的問題。那麼為何本文同樣選擇議題進行討論呢？在緒論的部分，我們便強調研究立場，乃是一條從議題切入期冀能夠回歸藝術性討論的路向。從「藝術性」和「議題性」兩大方向進入散文研究，我們會發現，徒有「議題」的研究，恐怕會使文學作品成為附和「議題」的文獻；但若在缺乏議題作為討論的對象，單單從「藝術性」的角度分析散文，又有落於傳統修辭格分析的危機。廣義地說，散文的藝術性不單只有語言修辭的問題，還包括章法和敘事的探討。即便是語言修辭，也不會只有限定在修辭格上。當修辭論與意象論、描寫論、敘事論甚至結構論產生疊合，我們便能夠探討一篇散文的修辭策略或修辭思維等，然而這些批評方法，至今尚未有較系統明確的運作方式。因此針對散文藝術性的評論當中，比較常見的還是針對修辭格的研究，「不過這類型的解析，嚴格說是『以散文作品作為修辭學的實證』，而非散文批評，因為修辭學本身只是一種可針對任何文字結構進行框架套用的形式裁奪；除非這一類型態的論者能夠發展出真正集聚焦點於散文形式特質的『散文修辭學』，否則對於散文的發展並無法提供具體的建樹」[6]。事實上，題

---

[6]　鄭明娳：〈台灣現代散文研究〉，《現代散文現象論》（台北：大安出版社，1992），頁 182。

材與技巧常常在不同的程度上相互影響，我們確立了本文的策略與方法，即是將散文中的「議題」以及「藝術」提在平衡等重的位階，避免偏廢。在本文回歸藝術性的基調上，會看到對於討論的作品進行評判和比較，時常有的一種評斷是認為某些作品「缺乏足夠的藝術性支撐議題」。也就是說，我們還是基於形式內容必須互相搭配的前提下進行討論。有趣的是，創作與評論的路徑恰巧相反，如果說散文創作者是必須沿著藝術而為自己所關懷的議題發聲，那麼評論者解構／重構文本的方向則是必須從議題切入，看待同樣的議題是否存在相異的表現形式。這也正說明了，本文終究需要從議題研究進入，而期待回歸藝術性的討論。

　　實際投入散文研究的工作，才深刻感受到要以學術論文的形式來論述散文的藝術性，是非常艱困的。儘管我們鎖定在「空間意識及其書寫型態」進行討論，但是散文的藝術性的層次各有不同，在沒有一套較完整穩定的美學理論作以輔助時，往往只能藉由擷取的片段作為相互比較的準繩。譬如說，林耀德的文章藝術性常常透露在「題材創意」，他常常能夠想出新穎的題材進行批判，但是一旦組織成文，那充滿批判意味的文字又大大掩蓋原來設定的主題；林文義的散文藝術性在片段的描寫常常經營得法，但是以前後文連讀，又常常有枝蔓蕪雜之感；張曉風和廖玉蕙的散文則適合通篇觀之，一旦成為學術論文中被擷取出來的片段，則味如嚼臘，品嘗不到精髓。這些不同層面的藝術觀照，遠非《文本多維》所能兼顧的，偏偏對於這些藝術性某種程度無法掌握，又會反過來影響此論文擷取樣本時的抉擇。以張讓為例，她是諸多散文家當中較有意識在書寫空間的作家。《空間流》和《急凍的瞬間》之外，張讓的其他散文集內仍有大量與時空有關的作品。但當我們在作為分析示例的情況下，會發現張讓所進行的空間描寫，大多是一種議論性質的語

163

言。她本身即可引經據典地討論都市空間、性別空間、空間位移等問題，但這些文字又不是嚴格的論文，並無意要把空間的問題釐清，主要還是發表強烈主觀的評論。閱讀張讓談論空間的散文，我們發現，後設語言與文學語言交纏得情況異常複雜，加之她的冷筆閒話，幾無章法，因此即使她的散文談到了很多關於空間的議題，似乎也無法成為本論文討論的重要樣本。

一路對於散文研究的思考摸索，或許也是其他散文研究可能會碰觸到的問題。即使對於散文美學的探究不是件容易的事情，但不意味我們就能理所當然忽略。相反，唯有清楚這些問題癥結的所在，才能夠清楚了解自已評論／閱讀散文的方法與位置，以進行更進一步有效的討論與探究。

回到《文本多維》，我們發現了在某些議題上，創作者所顯示出的面貌其實並不夠多元。原鄉書寫或是這當中最本乎人情，不受時代風潮而有所更變的題材。現代性與空間位移的關係，則是理論高過文本，儘管我們找了許多片段足以詮釋這個概念，卻很少成為作家有意識的關懷。都市空間的營構，受到八〇年代都市崛起的影響，特別是林燿德等人的呼籲而成為風潮，卻陷入了批判都市的一元論述。住宅空間的問題，則大多由女性作家切身經驗出發，然而有許多更細膩的部分沒有更多的觀察與開展。

創作之可貴，便在於那一點創意的存在。文學創作永遠是需要同中求異的，當我們以議題作為散文研究與創作的切入點，在同一議題之下，則希冀作家在寫作手法與細部題材的鎖定上能有不同的表現。特別是在某一議題的大方向作為前提時，作家如何找出在題材上更細緻的創新，則有賴於作家的觀察。

現代散文是不是非得有熱門的議題在其中，是不是非得呈現特定的關懷？現代散文或許能夠保持那種執卷旁觀式的小我抒情，而

不是必然得依賴操作議題得到評論界的重視[7]。簡言之，散文若要得到正視與重視，不是盲從新詩與小說的路徑而求得餘蔭，反而從散文自身當中不斷挖掘問題、解決問題，慢慢樹立屬於散文的美學特質與鑑賞方法，或許這才是對現代散文最深情的凝視與關懷。

---

[7]　有時作家為了讓主題聚焦，而會有所謂「系列散文」的創作。然而我們在目前可知的散文批評，對於「系列散文」尚未有比較明確的評論方法與策略。但這卻也是散文研究上可以獨立開拓的一種批評方法。關於「系列散文」的討論，可進一步參考陳伯軒：〈系列散文的創作與批評〉，《別有天地：伯軒的散文部落格》（http://mypaper.pchome.com.tw/allenhsuan）。

參考書目

壹、散文集

1. 木馬出版社主編：《作家的城市地圖》，台北：木馬文化，2004。
2. 王鼎鈞：《碎琉璃》，台北：爾雅，1984。
3. 王鼎鈞：《左心房漩渦》，台北：爾雅，1988。
4. 王鼎鈞：《情人眼》，台北：自印 1992 增訂版。
5. 王鼎鈞：《昨天的雲》，台北：自印，1992。
6. 台北市政府新聞處主編：《瞻前顧後》，台北：市政府新聞處，2001。
7. 台北市政府新聞處主編：《戀戀台北》，台北：市政府新聞處，2005。
8. 余光中：《焚鶴人》，台北：純文學，1973 三版。
9. 余光中：《記憶像鐵軌一樣長》，台北：洪範，1987。
10. 余光中：《隔水呼渡》，台北：九歌，1990。
11. 余光中：《青銅一夢》，台北：九歌，2005。
12. 周志文：《三個貝多芬》，台北：九歌，1995。
13. 周芬伶：《花房之歌》，台北：九歌，1989。
14. 周芬伶：《絕美》，台北：九歌，1995。
15. 周芬伶：《戀物人語》，台北：九歌，2000。
16. 林文月：《遙遠》，台北：洪範，1981。
17. 林文月：《午後書房》，台北：九歌，1986。
18. 林文月：《交談》，台北：九歌，1988。
19. 林文月：《作品》，台北：九歌，1993。
20. 林文月：《回首》，台北：洪範，2004。
21. 林文義：《諦聽，那潮聲》，台北：水芙蓉，1974。
22. 林文義：《千手觀音》，台北：九歌，1984。
23. 林文義：《塵緣》，台北：林白，1985。

24. 林文義：《寂靜的航道》，台北：九歌，1985。
25. 林文義：《從淡水河出發》，台北：光復書局，1988。
26. 林文義：《無言歌》，台北：九歌，1988。
27. 林文義：《家園‧福爾摩沙》，台北：自立報系，1989。
28. 林文義：《三十五歲的情書》，台北：漢藝色研，1989。
29. 林文義：《母親的河》，台北：台原，1994。
30. 林文義：《港，是情人的追憶》，台北：九歌，1995。
31. 林文義：《旅行的雲》，台北：聯合文學，1996。
32. 林文義：《手記描寫一種情色》，台北：聯合文學，2000。
33. 林文義：《北緯 23.5 度》，台北：寶瓶，2002。
34. 林文義：《幸福在他方》，台北：印刻，2006。
35. 林　彧：《快筆速寫》，台北：自立晚報，1985。
36. 林　彧：《愛草》，台北：華成圖書，2003。
37. 林燿德：《一座城市的身世》，台北：時報，1987。
38. 林燿德：《迷宮零件》，台北：聯合文學，1993。
39. 林燿德編《浪跡都市》，台北：業強，1990。
40. 封德屏編：《四十年來家國》，台北：文訊，1989。
41. 席慕蓉：《成長的痕跡》，台北：爾雅，1982。
42. 席慕蓉：《有一首歌》，台北：洪範，1984。
43. 席慕蓉：《寫生者》，台北：洪範，1994。
44. 席慕蓉：《黃羊玫瑰飛魚》，台北：爾雅，1996。
45. 席慕蓉：《金色的馬鞍》，台北：九歌，2002。
46. 席慕蓉：《諾恩吉雅——我的蒙古文化筆記》，台北：正中，2003。
47. 席慕蓉：《我的家在高原上》，台北：圓神，2004 二版。
48. 師瓊瑜：《寂靜之聲》，台北：聯合文學，2005。
49. 師瓊瑜：《離家出走》，台北：平安文化，1995。
50. 徐鍾珮：《我在台北及其他》，台北：純文學，1986。
51. 郝譽翔：《衣櫃裡的秘密旅行》，台北：天培，2000。
52. 郝譽翔：《一瞬之夢》，台北：高寶國際，2007。
53. 高大鵬：《追尋》，台北：聯合文學，1989。
54. 張曉風：《愁鄉石》，香港：基督教文藝，1971。
55. 張曉風：《張曉風精選集》，台北：九歌，2004。
56. 張曉風：《這杯咖啡的溫度剛好》，台北：九歌，2004 二版。

57. 張　讓：《當風吹過想像的平原》，台北：爾雅，1991。
58. 張　讓：《空間流》，台北：大田，2001。
59. 張　讓：《急凍的瞬間》，台北：大田，2002。
60. 張　讓：《飛馬的翅膀》，台北：大田，2003。
61. 張　讓：《當世界越老越年輕》，台北：大田，2004。
62. 舒國治：《理想的下午》，台北：遠流，2000。
63. 楊　牧：《搜索者》，台北：洪範，1982。
64. 楊　牧：《柏克萊精神》，台北：洪範，1977。
65. 楊　牧：《山風海雨》，台北：洪範，1987。
66. 楊　牧：《方向歸零》，台北：洪範，1991。
67. 廖玉蕙：《閒情》，台北：圓神，1986。
68. 廖玉蕙：《不信溫柔喚不回》，台北：九歌，1994。
69. 廖玉蕙：《如果記憶像風》，台北：九歌，1997。
70. 廖玉蕙：《大食人間煙火》，台北：九歌，2007。
71. 蔡詩萍：《不夜城市手記》，台北：聯合文學，1997 二版。
72. 鍾文音：《遠逝的芬芳》，台北：星月書房，2001。
73. 鍾文音：《奢華的時光》，台北：星月書房，2002。
74. 鍾文音：《永遠的橄欖樹》，台北：大田，2002。
75. 鍾文音：《美麗的痛苦》，台北：大田，2004。
76. 鍾怡雯：《河宴》，台北：三民，1995。
77. 鍾怡雯、陳大為主編：《天下散文選 I II》，台北：天下文化，2001。
78. 鍾怡雯編：《九十四年散文選》，台北：九歌，2006。
79. 鍾怡雯：《垂釣睡眠》，台北：九歌，2006 增訂初版。
80. 簡　媜：《月娘照眠床》，台北：洪範，1987。
81. 簡　媜：《胭脂盆地》，台北：洪範，1994。
82. 簡　媜：《夢遊書》，台北：洪範，1994。
83. 簡　媜：《女兒紅》，台北：洪範，1996。
84. 簡　媜：《天涯海角》，台北：聯合文學，1999。
85. 簡　媜：《好一座浮島》，台北：洪範，2004。
86. 簡　媜：《水問》，台北：洪範，2005 二版。
87. 簡　媜：《微量的樹林》，台北：洪範，2006。

貳、專著

1. 余光中：《井然有序》台北：九歌，1996。

2. 李奭學：《經史子集》，台北：聯合文學，2005。

3. 汪天文：《社會時間研究》，北京：中國社科，2004。

4. 段義孚著，潘桂成譯：《經驗透視中的空間和地方》，台北：巨流，1998。

5. 段義孚著，周尚意等譯：《逃避主義》，台北：立緒文化，2006。

6. 徐磊青、楊公俠編著：《環境心理學——環境、知覺和行為》，台北：五南出版，2005。

7. 張瑞芬：《台灣當代女性散文史論》，台北：麥田，2007。

8. 畢恆達：《找尋空間的女人》，台北：張老師，1996。

9. 畢恆達：《物情物語》，台北：張老師，1996。

10. 畢恆達：《空間就是性別》，台北：心靈工坊，2004。

11. 陳大為、鍾怡雯主編：《20 世紀台灣文學專題 II》，台北：萬卷樓，2006。

12. 陳嘉明：《現代性與後現代性十五講》，北京：北京大學，2006。

13. 鄭明娳：《現代散文構成論》，台北：大安，1989。

14. 鄭明娳：《現代散文現象論》，台北：大安，1992。

15. 鍾怡雯：《亞洲華文散文的中國圖像（1949-1999）》，台北：萬卷樓，2001。

16. 鍾怡雯：《無盡的追尋：當代散文的詮釋與批評》，台北：聯合文學，2004。

17. David Cheal 著，彭鉥旎譯：《家庭生活的社會學》，北京：中華書局，2005。

18. David Harvey 著、王志弘譯：《新自由主義化的空間》，台北：群學出版，2008。

19. Edward W. Soja 著，陸陽等譯：《第三空間》，上海：上海教育出版社，2005。

20. Francois Penz 等編，馬光亭等譯：《劍橋年度主題講座：空間》，北京：華夏出版社，2006。

21. Gaston Bachelard 著，龔卓軍譯：《空間詩學》，台北：張老師文化，2003，頁 92。

22. John Urry 著，葉浩譯：《觀光客的凝視》，台北：書林，2007。

23. Kevin Lynch 著，宋伯欽譯：《都市意象》，台北：臺隆書店，2004 七版。

24. Linda McDowell 著，徐苔玲等譯：《性別、認同與地方：女性主義地理學概說》，台北：群學出版社，2006。

25. Mike Crang 著，王志弘等譯：《文化地理學》，台北：巨流，2005。

26. Paul Cloke 等編著，王志弘等譯：《人文地理概論》，台北：巨流，2006。

27. R.J 約翰斯頓主編，柴彥威等譯：《人文地理學詞典》，北京：商務印書館，2004。

28. Richard Peet 著，王志弘等譯：《現代地理思想》，台北：群學出版社，2005。

29. Robert Levine 著，馮克芸等譯：《時間地圖》，台北：商務，1997。

30. S.N.Eisenstadt 著，劉鋒譯：《反思現代性》，北京：三聯書店，2006。

31. Tim Creswell 著，王志弘等譯：《地方：記憶、想像與認同》，台北：群學，2006。

32. Virginia Woolf 著，張秀亞譯《自己的房間》，台北：天培，2003。

參、學位論文

1. 邱珮萱：《戰後臺灣散文中的原鄉書寫》，高雄：高師大國文博論，2002。

2. 劉偉彥：《台北東區之空間文化形式——一個初步的社會分析》，台灣：台大土木工程所碩論，1988。

3. 鄧宗德：《八〇年代台北市支配性都市地景形成之研究》，台北：台大城鄉所碩論，1991。

肆、期刊論文

1. 夏鑄九、葉庭芬：〈台北地區都市意象之研究〉，《國立台灣大學建築與城鄉研究學報》第 1 期（1981 年 9 月），頁 49-102。

2. 陳伯軒：〈論周芬伶散文中房屋意象的雙重涵義〉，《東方人文學誌》第 5 卷 1 期（2006 年 3 月），頁 337-354。

3. 陳伯軒：〈別有天地——論鍾怡雯散文原鄉風景的構成與演出〉，《中國現代文學》第 9 期（2006 年 6 月），頁 181-197。

4. 陳伯軒：〈鄉音無改——論簡媜散文的城鄉連結的時空思維〉,《語文學報》14 期（2007 年 12 月）, 頁 337-354。

5. 莊玟琦、邱上嘉：〈都市空間意象探討〉,《設計學報》第 4 期（2004 年 7 月）, 頁 116-127。

6. 鄭明娳：〈知性與立體的鋪陳——關於「都市散文」〉,《自由青年》82 卷 3 期（1989 年 9 月）, 頁 21-24。

7. 簡媜口述, 蔡培風紀錄：〈散文歷險——簡媜的寫作歷程〉,《明道文藝》354 期（2005 年 9 月）, 頁 97-106。

伍、網路資料

1. 《世界華文文學研究網站》：http://www.fgu.edu.tw/~wclrc/default.htm

2. 《別有天地：伯軒的散文部落格》：http://mypaper.pchome.com.tw//allenhsuan

3. 《馬華文學評論數據庫》：http://www.ctwei.com/database/

後記：我的空白舞譜

進入研究所時，並沒有想要研究現代散文。當時我心心念念想的是沉浸在古典詩詞悠長的韻律中，嚮往宋明理學家克己復禮的精神，又或者是釋放那遠在王妙雲老師歷史課上就深埋心中，想好好認識《墨子》的那份情懷。

大學讀書的階段，寒假不畏濕冷、夏季無視於溽暑，每天騎一小時的車到三峽，放在桌上的是《左傳》、《史記》，《老子》、《莊子》，是《論語別裁》或是《國史大綱》。從來就不是張大春或朱天心，不是張愛玲也不是駱以軍。

那時候，陳大為老師不斷鼓勵我朝現代散文的方向努力，他說：「你不研究散文實在太可惜了」。似乎有點醺醺然，好像我對散文的那份情有獨鍾，可以支撐我努力走下去。

其實，還有一點小小的原因。

在忙碌準備碩士班的時候，適逢范銘如老師和陳大為老師聯合策劃台北大學的文學獎。當時新創立的書評獎非常特別，讓我躍躍欲試。我在準備考試的空檔寫了一篇討論林文月《人物速寫》的評論，短短三千字，卻在書寫的過程中意外發現平時閱讀散文時，不知不覺累積的觀念與方法。

一向對自己沒有信心，卻對這篇書評抱持著得獎的希望。因此，後來得知結果只有佳作時，我不由自主地感嘆：只有佳作嗎？

書評獎會審當天我回景美處理兵役的問題，隔天范老師告訴我，某位評審看到了我的書評後說：「能寫出這樣書評的，一定是

個非常懂得創作的人」。當我聽到范老師的轉述時，高興地舉起雙臂大喊：哇，好驕傲啊。

好像，找到了知己一樣。

沒想到那篇小小的書評，成為了我研究現代散文的動力，直到如今。

這幾年來，我也許不算是個認真的學生，然而我對於散文的研究確實是一往情深。藉由閱讀大量的散文集，在前兩年的時間也寫出了幾篇現代散文的論文，並且有著許多心得。

散文之難研究，幾乎是眾所皆知的。當范老師獲知我要研究現代散文時，她告訴我，散文很難研究，不信去翻翻其他人研究散文的論文來看就知道，常常沒有什麼明確的結果。當然，如果你能研究出個什麼，那就是你學術上的貢獻與價值了。「但是，也有可能你努力許久，卻什麼也沒有研究出來」。

研究所的兩年，我也修了一些現代文學相關的課程，但是從來，從來沒有聽到任何人在討論現代散文，彷彿這個最龐大的文類，是自然而然如此，從來沒有任何人覺得需要去討論。我常開玩笑地說，怎麼都沒有機會讓我炫燿自己的專業呢？

後來范老師到了政大，她給了我一個機會在課堂上報告女性散文。那是我撰寫碩論前最後一堂課，也是最後一次報告。我儘可能理出一些我對散文的觀察與思考線索，這當中也有與老師同學產生討論或爭辯的狀況。課堂接近結束，老師對我說：你慢慢已經有一套自己評鑑散文的標準和方法了，可能有點模糊，只要你試著找出來，那就是屬於你的了。

當然很開心得到鼓勵，但是這一步要跨出去，真的不容易。

當我思考著博士班入學考試的研究計畫時，將一些可能發展的面向與想法和陳大為老師討論，但是並不被認可。事實上，雖然我

沒有因為不被認可就想放棄原本的研究，卻也明白很多觀點並非在博班階段能完成的。這幾年來，老師不斷提醒，希望我博班能夠轉而研究其他的文類，不要再研究散文了。

於是我寫了一封信請教鍾怡雯老師，向她告知我現在的狀況，以及我設想好的幾個方向或議題。鍾怡雯老師對散文有更專業的認識，我想或許她能夠給予我比較具體的建議。只是，老師回信也認為以現在這能力與狀況，要繼續從事散文的研究並不容易。要我再想想，有沒有可能研究其他的文類。

彷彿有那麼點遺憾，面對當初如此情深的文類，既無法研究，也無法創作。但是我想實情應該不是如此的，現代散文因為沒有人肯好好投注其中，別說是有許多問題都沒有被解決，甚至有很多問題是根本沒有被思考過的。

※

眼前學界所訂定的學術規範與共識，乃至於學術風潮，在我看來極可能不利於散文研究。我曾想過以書評的方式替代論文寫作，但放眼望去，現在書評發表的園地少之又少。當我將整理出來的心得或疑問，撰寫成短評放在《別有天地：伯軒的散文部落格》，無奈又必須面對的就是遭受學院論文的抄襲。現行的學術規範尚不能有效地保護網路資料的安全，平面媒體刊載的散文集評論在篇幅壓縮的情況下，處於一種「沒有觀點」，說了等於沒說的狀態。有一部分的書評，出現了「模式化」的操作，視之為一篇文學創作固然顯得沒有創意，視之為學術心得又缺乏論點。

部分的研究者，面對前輩學者的書評或論文，也缺乏思辨質疑的能力與勇氣——有些看起來非常漂亮的論述語句，加強了閱讀印

象，卻不必然代表其中論述的觀點有理。又或是肢解了學者的論文，只求引用以增加篇幅，殊不知論文最核心的觀點立場為何？然而藉由反覆徵引討論，往往將某個觀點形塑成權威或典範，強力掩蓋了其他討論的可能。談到簡媜的《女兒紅》必定大談其中的女性意識，無視於其中的古典語境造成女性形象更趨保守的問題；談到鄉土關懷，林文義以《關於一座島嶼》與《母親的河》將歷史與文學之筆分開，成功地兼顧史實與文采，然而搜索相關的討論又有多少呢？若不能接納原住民散文中漢語與母語的置換，又為何能包容舒國治散文華語與英語的反覆交替？

順應著市場風潮，有些作家，順手寫寫散文，一樣能夠暢銷、熱賣，一樣能夠受到學界的重視、吹捧。很多時候，那些散文作品與時下在網路部落格偶一出現看似雋永的文字相比也無甚高明。作者可以進入最無謂及放肆的狀態，淺淺的抒情，淺淺的哲理，再加上淺淺的不知所云⋯⋯。而評論者卻在沒有確立散文鑑賞方法的情況之下，放任而無所適從。最不可取者，散文寫手在理論先行的狀態下運用了各式各樣的技巧，符應了學者足以生產一篇又一篇的學術論文，彼此共謀，卻對散文的創作與研究均無實質的裨益。

因此，面對大學者的論述，我們不敢質疑；面對名作家的作品，我們也不置可否。當我們一味感嘆現代散文的研究不受重視的時候──「正在研究散文的人，難道真的重視它了嗎？」

※

對現有成果的叩問、對研究方法的反覆探詢，說到底，都是對自己研究現代散文的一種從未止歇的質疑。或許，撰寫論文本身便

是個不斷自我否定的過程，而散文研究這條長長的寂寞的路途，踽踽獨行，如此冷清，是否走得下去，我，並不是沒有猶豫。

我想到了韓劇《黃真伊》，故事裏行首白舞在臨死之前，留下了一本空白的舞譜，希望黃真伊有一天能夠完成這本舞譜，跳出頂尖之舞。因為白舞明白，自己已經沒有辦法給予黃真伊什麼指導了，這孩子的舞，反過來超越了師傅，甚至指正師傅苦心經營三十年的鶴舞是錯誤的。

也許沒有一個行首白舞會在散文研究上給予我苦心的指教，我也沒有黃真伊那樣天才。但是眼前面對研究方向的未定，面對散文研究的可持續性的質疑，我彷彿也看到了一本空白的舞譜。

是因為什麼都沒有，所以空白；還是因為空白，所以充滿了無限的可能？

不知道會不會有一天，我也能夠在散文研究的領域上一展抱負，填補那本人人都不看好的舞譜，並且跳出最頂尖的舞。

陳伯軒

2008.03.13
2009.12.10

177

國家圖書館出版品預行編目

文本多維：台灣當代散文的空間意識及其書寫
型態 / 陳伯軒著. -- 一版. -- 臺北市：秀威
資訊科技, 2010.02
　　面；　　公分. -- (語言文學類；AG0126)
BOD 版
參考書目：面
ISBN 978-986-221-396-4 (平裝)

1.散文　2.現代文學　3.台灣文學　4.文學評論

863.25　　　　　　　　　　　　　99000718

 語言文學類　AG0126

文本多維：
台灣當代散文的空間意識及其書寫型態

作　　者 / 陳伯軒
發 行 人 / 宋政坤
執行編輯 / 黃姣潔
圖文排版 / 黃莉珊
封面設計 / 蕭玉蘋
數位轉譯 / 徐真玉　沈裕閔
圖書銷售 / 林怡君
法律顧問 / 毛國樑　律師
出版印製 / 秀威資訊科技股份有限公司
　　　　　台北市內湖區瑞光路 583 巷 25 號 1 樓
　　　　　電話：02-2657-9211　　　　傳真：02-2657-9106
　　　　　E-mail：service@showwe.com.tw
經 銷 商 / 紅螞蟻圖書有限公司
　　　　　台北市內湖區舊宗路二段 121 巷 28、32 號 4 樓
　　　　　電話：02-2795-3656　　　　傳真：02-2795-4100
　　　　　http://www.e-redant.com

2010 年 2 月 BOD 一版
定價：220 元

讀　者　回　函　卡

感謝您購買本書，為提升服務品質，煩請填寫以下問卷，收到您的寶貴意見後，我們會仔細收藏記錄並回贈紀念品，謝謝！

1.您購買的書名：＿＿＿＿＿＿＿＿＿＿＿＿＿＿＿＿＿＿

2.您從何得知本書的消息？

　□網路書店　　□部落格　　□資料庫搜尋　　□書訊　　□電子報　　□書店

　□平面媒體　　□ 朋友推薦　　□網站推薦　□其他＿＿＿＿＿＿

3.您對本書的評價：(請填代號　1.非常滿意 2.滿意 3.尚可 4.再改進)

　封面設計＿＿　版面編排＿＿　　內容＿＿　文/譯筆＿＿　　價格＿＿

4.讀完書後您覺得：

　□很有收獲　□有收獲　□收獲不多　□沒收獲

5.您會推薦本書給朋友嗎？

　□會　□不會，為什麼？＿＿＿＿＿＿＿＿＿＿＿＿＿＿＿＿＿＿

6.其他寶貴的意見：＿＿＿＿＿＿＿＿＿＿＿＿＿＿＿＿＿＿

＿＿＿＿＿＿＿＿＿＿＿＿＿＿＿＿＿＿＿＿＿＿＿＿＿＿＿＿＿

＿＿＿＿＿＿＿＿＿＿＿＿＿＿＿＿＿＿＿＿＿＿＿＿＿＿＿＿＿

＿＿＿＿＿＿＿＿＿＿＿＿＿＿＿＿＿＿＿＿＿＿＿＿＿＿＿＿＿

讀者基本資料

姓名：＿＿＿＿＿＿＿＿＿＿　年齡：＿＿＿＿　性別：□女 □男

聯絡電話：＿＿＿＿＿＿＿＿　E-mail：＿＿＿＿＿＿＿＿＿＿

地址：＿＿＿＿＿＿＿＿＿＿＿＿＿＿＿＿＿＿＿＿＿＿＿＿＿＿

學歷：□高中(含)以下　　□高中　　□專科學校　　□大學

　　　□研究所(含)以上 □其他＿＿＿＿＿＿＿＿

職業：□製造業 □金融業 □資訊業 □軍警 □傳播業 □自由業

　　　□服務業 □公務員 □教職　　□學生 □其他＿＿＿＿＿

秀威與 BOD

BOD（Books On Demand）是數位出版的大趨勢，秀威資訊率先運用 POD 數位印刷設備來生產書籍，並提供作者全程數位出版服務，致使書籍產銷零庫存，知識傳承不絕版，目前已開闢以下書系：

一、BOD 學術著作—專業論述的閱讀延伸
二、BOD 個人著作—分享生命的心路歷程
三、BOD 旅遊著作—個人深度旅遊文學創作
四、BOD 大陸學者—大陸專業學者學術出版
五、POD 獨家經銷—數位產製的代發行書籍

BOD 秀威網路書店：www.showwe.com.tw
政府出版品網路書店：www.govbooks.com.tw

永不絕版的故事・自己寫・永不休止的音符・自己唱